LA COLLINE AU TRAÎTRE

LA COLLINE AU TRAÎTRE

GILLES LANGLOIS

Éditions
Terre d'Histoires

Photo de couverture : © Magdalena Russocka / Trevillion Images

ISBN : 978-2-8246-2355-9
Code Hachette : 76 5136 8
Catalogues et manuscrits : city-editions.com/terredhistoires

Dépôt légal : Novembre 2024

1

Dans le silence retrouvé de la salle de classe que les gamins venaient de quitter bruyamment, Henriette ramassait les cahiers laissés par les écoliers sur chaque pupitre. Elle monta ensuite sur l'estrade où trônait son bureau. Elle y posa la pile de cahiers aux couvertures rouges. Mais avant d'entreprendre la correction des travaux de ses élèves, elle saisit l'éponge et essuya le tableau noir d'un large geste circulaire. Quand le tableau fut débarrassé des mots écrits à la craie, avec d'élégantes majuscules et des chiffres d'opérations horriblement compliquées pour ces chères têtes blondes, elle s'arma de son redoutable crayon rouge et s'assit enfin pour commencer son travail.

Souvent, elle souriait en lisant les phrases maladroites des plus petits avec leurs lettres écrites à l'encre violette au moyen des plumes *Sergent-Major* qu'ils trempaient pourtant avec application dans les encriers blancs et ronds dont les pupitres en bois clair étaient munis.

Ainsi, pour cette jeune institutrice d'une vingtaine d'années qui voyait le temps passer bien vite, l'ambiance de cette salle de classe, son odeur, sa chaleur avaient quelque chose de rassurant. Elle s'y sentait bien et aimait chacun des enfants qui lui étaient confiés. De temps à autre, elle regardait l'incontournable poêle à charbon dont les braises encore rougeoyantes continuaient à réchauffer la pièce. Sur le côté, la grande carte de France occupait une partie du mur, avec ses fleuves, ses montagnes et les océans qui entourent les terres. De chaque côté du tableau était suspendu un grand compas en bois muni, à l'une de ses extrémités, d'une craie blanche qui permettait de dessiner sur le tableau noir des cercles parfaits. Il y avait aussi une imposante équerre jaune et une longue règle plate ainsi qu'un rapporteur gradué que la maîtresse utilisait fréquemment pour expliquer aux gamins les mystères, pour certains insondables, de la géométrie. Sur le coin de son bureau était posé un globe terrestre qui ne manquait pas d'intriguer les enfants.

Henriette était née à Hauteville, dans cette petite bourgade de Normandie d'à peine trois mille âmes. Ici, tout le monde la connaissait et l'appréciait. Son sérieux et son courage n'étaient plus à démontrer. Depuis plus d'un an maintenant, le village avait retrouvé sa sérénité d'antan malgré les blessures de la guerre. Noël approchait et les enfants avaient salué joyeusement le début des vacances comme ils salueraient probablement de la même façon la reprise de la classe après ces quelques jours de fête.

Pour Henriette aussi, cette période de l'année était agréable. Elle passerait les fêtes au sein de ce qu'il restait de sa famille. Elle s'attendait aux habituelles plaisanteries de ses cousins sur son célibat. Car c'était une bien jolie fille : tous les garçons à marier du village le savaient et tentaient parfois avec maladresse de la séduire. Ça l'amusait plus que ça ne l'agaçait. Avec ses magnifiques yeux verts, sa longue chevelure brune et sa taille fine, elle ne doutait pas de trouver un jour l'amour de sa vie. En vérité, ces dernières années de troubles ne furent pas propices à la réalisation de tels projets.

La guerre s'était achevée seulement un an plus tôt. En ce mois de décembre 1946, des doutes, des craintes subsistaient. La population avait été traumatisée par l'arrivée des occupants pendant l'été 1940. Henriette, elle-même, avait payé le prix fort et même si aujourd'hui tout semblait rentrer dans l'ordre, elle préférait chasser de sa mémoire des images cruelles.

Son regard se tourna vers les fenêtres de la salle de classe. La lumière du jour avait fortement décliné, mais Henriette constata avec plaisir que la neige tombait. Émerveillée depuis toujours par ce spectacle, elle se leva et s'approcha d'une vitre pour en jouir pleinement comme quand elle était encore une enfant. En quelques instants, le village se para d'une blancheur lumineuse qui contrastait avec la nuit tombante. Elle distinguait encore la place de la mairie avec son gros chêne planté au milieu et, là-bas, l'église dont on ne pouvait plus voir la flèche tant les flocons tombaient abondamment. Des lumières s'échappaient des fenêtres des maisons voisines. Tout semblait bien calme, apaisé. C'était le petit miracle de la neige et de la période des fêtes de Noël.

La jeune institutrice allait regagner son bureau pour terminer ses corrections quand elle remarqua les phares d'une voiture qui passait lentement devant l'école pour s'arrêter au pied du gros chêne. Une portière s'ouvrit. Bien qu'elle ne pût distinguer précisément le visage de la personne qui descendit de la voiture, elle eut la certitude qu'il s'agissait d'un homme assez grand. L'individu portait une valise. Il discuta un moment avec le chauffeur puis referma la portière. Le véhicule contourna le chêne et repartit par la route qu'il avait empruntée pour arriver à Hauteville. Henriette retourna à son bureau.

L'homme hésita un instant. Il remit la casquette qu'il tenait à la main sur sa tête puis il marcha droit vers l'unique hôtel du bourg. Malheureusement, il trouva porte close. Il eut beau frapper, personne ne lui répondit. Étonné, l'inconnu se rendit à la mairie située à proximité, mais à cette heure-ci, les bureaux étaient déjà fermés, tout comme l'église. Le curé n'habitait pas au presbytère de Hauteville, mais dans celui d'une commune voisine dont il avait également la charge. Le voyageur parut dépité. Il vit que l'école était encore éclairée. En désespoir de cause, il décida de tenter sa chance une nouvelle fois. Quelqu'un lui répondrait peut-être et pourrait le renseigner. Il traversa de nouveau la place et vint frapper à la porte de la salle de classe où Henriette finissait son travail.

Le bruit de ces coups la fit sursauter. Pendant de trop nombreuses années, les habitants de Hauteville avaient redouté ces visites tardives. Elle hésita, puis, devant l'insistance des coups, elle se leva. Par la vitre, elle distinguait mal la silhouette du visiteur. Malgré ses craintes, elle ouvrit prudemment la porte et tressaillit en découvrant que l'homme qui avait frappé était vêtu d'un uniforme.

— Excusez-moi, mademoiselle, je... Henriette ? dit l'inconnu, stupéfait.

L'institutrice confirma son identité tout en cherchant qui pouvait bien être ce militaire qui l'avait reconnue aussi facilement. L'homme sourit, ce qui permit à la jeune femme de reconnaître son interlocuteur. Sous sa casquette dépassaient des cheveux bruns. Aux coins de ses yeux bleus, de petites rides en forme de pattes-d'oie se dessinaient en même temps que son sourire.

— Père Antoine ? demanda-t-elle, incrédule.

C'était bien le père Antoine. L'homme semblait ravi que le hasard l'ait conduit vers quelqu'un de connaissance. Tout d'abord, Henriette n'en crut pas ses yeux. Une foule de questions lui vint alors à l'esprit. Que pouvait faire ici ce visiteur inattendu ? Et pourquoi aujourd'hui, après toutes ces années de silence ? D'un geste vague, Antoine fit comprendre à la jeune femme que répondre à ses interrogations prendrait un long moment et que sa priorité immédiate était plutôt de trouver un moyen de se réchauffer un peu. Il lui demanda s'il lui était possible de se mettre à l'abri un instant. Confuse, Henriette l'invita à entrer dans la salle de classe en s'excusant de ne pas l'avoir proposé plus tôt, tellement cette visite l'avait surprise. Il la remercia en lui promettant de ne pas la déranger longtemps. Une fois la porte refermée derrière lui, il sentit avec un plaisir non dissimulé la douce chaleur de l'école qui ne tarda pas à l'envelopper. Henriette le tira par le bras pour l'amener devant le poêle à charbon. Les mains levées au-dessus de la fonte, Antoine demanda s'il était possible de trouver une chambre dans le bourg.

— Il y a bien l'hôtel de la mère Lenain sur la place, mais il est fermé depuis la disparition de son mari et de son fils. Et puis, dit-elle en regardant par la fenêtre, les lumières sont éteintes chez elle. Elle a dû se coucher tôt.

— Pauvre femme ! J'ignorais pour son mari et son fils.

Henriette examinait son visiteur du coin de l'œil. Antoine avait ôté sa casquette qu'il tenait maintenant dans ses mains. Elle reconnaissait les traits fins du visage de l'ancien prêtre de Hauteville, mais elle percevait maintenant dans son regard quelque chose de désespéré, d'éteint, telle une souffrance étrange. Comme la plupart des jeunes filles du village, elle avait été un peu amoureuse de ce jeune curé. Les habitants l'avaient adopté sans difficulté, séduits par l'authenticité de sa foi et l'amour sincère qu'il portait à ses paroissiens. Jamais il n'avait cédé à l'appel de la chair, bien qu'il en eût souvent l'occasion. Le père Antoine se donnait corps et âme pour sa paroisse. Sa modeste église se remplissait tous les dimanches, chacun se félicitant de pouvoir écouter la parole de Dieu sortie de la bouche d'un homme aussi généreux. Il participait aux travaux du conseil municipal aux côtés des notables, entraînait l'équipe de football de la commune, organisait fêtes et kermesses. Oui, Henriette pouvait l'affirmer, le père Antoine avait été aimé de tous, jusqu'à ce jour maudit.

Elle lui proposa une tasse de café qu'il accepta volontiers. Il la suivit dans l'appartement qui jouxtait la salle de classe. Pendant qu'elle préparait le café en lui tournant le dos, Henriette émit quelques craintes. Il lui semblait difficile de trouver un hébergement à cette heure-ci, car elle connaissait particulièrement bien les habitudes de ses concitoyens. Antoine reconnut avoir manqué de jugeote. Il aurait dû prévoir cette situation et s'assurer au préalable d'un hébergement. Par ailleurs, il ignorait que le presbytère était inhabité. Il avait espéré y trouver refuge en dernier recours, mais ignorait que le nouveau curé habitait une autre commune. Lui aussi connaissait bien les habitants de Hauteville, ô combien !

— Nous irons voir la mère Lenain demain matin. En attendant, si cela ne vous dérange pas, vous pourrez dormir sur le matelas, au fond de la classe. Au moins, vous serez au chaud, près du poêle.

— Comme les cancres, sourit-il.

Elle pensait à ce matelas posé sur le sol sur lequel elle couche parfois les plus petits quand elle les sent fatigués. Quand il eut fini son café, elle invita son hôte à la suivre. La porte au fond de l'appartement de fonction donnait directement dans la salle de classe. Antoine suivit docilement la jeune femme, sa valise à la main. Il retrouvait là cette odeur caractéristique des écoles, ces dessins accrochés aux murs, ces grandes cartes de France et ce tableau noir sur lequel le maître écrivait à la craie, tout en haut, la phrase de la morale du jour avec pleins et déliés.

Dehors, la neige tombait de plus belle, mais la nuit s'était installée, pesante et impénétrable. Après avoir posé sa valise, Henriette invita son hôte à revenir dans l'appartement et à s'asseoir à table. Pas question de le laisser le ventre vide par ce temps. Elle s'affaira près de la cuisinière en fonte sur laquelle elle fit chauffer une casserole. Antoine observait en silence le logement de l'institutrice qui lui sembla décoré avec simplicité, mais aussi avec goût. Pendant que chauffait le repas, Henriette pensait à toutes les questions qu'elle mourait d'envie de poser à cet homme qui avait disparu du jour au lendemain sans laisser la moindre explication. Une chose en particulier l'étonnait, c'était cette tenue. Que faisait un prêtre dans un uniforme militaire ? Elle savait parfaitement de quoi il s'agissait, mais comprenait mal que celui qui le portait l'eût échangé contre sa soutane.

Elle servit le modeste dîner en silence. Antoine serra entre ses paumes l'assiette fumante pour réchauffer ses mains.

— Ainsi, commença-t-il, vous êtes l'institutrice du village ?

Elle était en effet l'institutrice de Hauteville depuis quelques années. Il avait bien fallu remplacer le pauvre M. Weil. Antoine hocha la tête. C'était évident. Il marqua un temps d'arrêt puis demanda à Henriette de lui accorder une faveur. La jeune femme se tut, attentive à ce qu'il allait lui demander.

— Il est inutile de continuer à m'appeler « mon père ».

Henriette parut surprise. Il remarqua l'expression interrogatrice sur son visage. Malgré son envie d'en savoir davantage, elle n'osa pas demander plus d'explications, car elle lisait dans les traits d'Antoine une gêne et une tristesse des plus profondes. Le silence devenant pesant, elle se risqua malgré tout à lui poser la question qui lui brûlait les lèvres :

— Vous n'êtes plus prêtre ?

Il la regarda avec soulagement, comme s'il attendait de pouvoir enfin s'expliquer.

— Non, je ne suis plus prêtre, dit-il sur un ton grave.

— Vous ne croyez plus en Dieu ?

Cette question-là, en revanche, il la redoutait. Son regard se détourna de la jeune femme et se perdit dans un coin sombre de la pièce. En réalité, il ne pouvait pas répondre à cette interrogation. Lui-même n'en connaissait pas précisément la réponse. Il choisit de contourner l'épaisseur de ses doutes en empruntant un chemin différent.

— Je vous promets de tout vous raconter, mais pas ce soir, j'ai voyagé toute la journée et je suis fatigué.

— Oh, je comprends. Je vais vous donner des couvertures.

Henriette alla fouiller dans une armoire et en sortit les couvertures qu'elle tendit à Antoine.

— Je ne sais comment vous remercier, dit-il.

— Je suis heureuse de vous aider. D'ailleurs, où auriez-vous passé la nuit si vos pas ne vous avaient conduit chez moi ?

— La Providence, sans doute, sourit-il, sinon je me serais réfugié à la gare. Votre père m'aurait sûrement trouvé lui aussi un coin où dormir. À propos, comment va-t-il ?

Le visage d'Henriette s'assombrit brusquement. Antoine ressentit la douleur qui emplissait ses yeux habituellement si sereins.

— Papa est mort, dit-elle en un soupir.

— Excusez-moi ! J'ignorais.

— Ne vous excusez pas ! Vous ne pouviez pas savoir.

— Les Allemands ?

Non ! Les Allemands n'étaient pour rien dans le décès du père d'Henriette. M. Hutin était mort dans son lit, le plus naturellement du monde. C'était en avril 1942. Il n'aura pas connu la Libération, regretta Henriette. Il avait pourtant tellement rêvé de cet instant historique, lui qui, pendant toutes ces années, avait eu la responsabilité de la gare de Hauteville. Il n'avait survécu à Gisèle, son épouse, que de quelques années. La gare était un enjeu important, pour toute la région. Elle servait de gare de triage et assurait le relais avec Caen, Ouistreham ou Cherbourg.

Henriette regarda Antoine avec des larmes naissantes dans les yeux.

— J'ai failli, moi aussi, perdre la vie à cause de cette gare, dit-elle en nouant nerveusement ses doigts entre eux.

— Comment cela ? Qu'avez-vous donc fait pour risquer la mort ?

Henriette se reprit et sur un ton amusé, essuyant d'un doigt ses yeux déjà humides, répondit qu'il était bien tard pour parler de tout cela. À son tour, elle promit de raconter son histoire une autre fois.

— Allez vous coucher ! Vous ne tenez plus debout, dit-elle.

C'était vrai ! La journée avait été longue. Il lui souhaita une bonne nuit et se leva. Chargé des couvertures données par Henriette, Antoine se dirigea vers la porte qui communiquait avec la salle de classe. Il la traversa jusqu'au fond où il fit sommairement son lit en couvrant le matelas des couvertures. Épuisé, il se déshabilla et se coucha. La journée avait été aussi harassante que longue et il ne tarda pas à s'endormir profondément.

De son côté, Henriette mit du temps à trouver le sommeil. Elle ne cessait de penser à ce qui avait pu ébranler à ce point la foi d'un homme d'Église. Retrouver le père Antoine tant d'années après sa disparition rendait celle-ci encore plus mystérieuse. Pour bon nombre des habitants, le prêtre avait fui devant l'ennemi. Les Hautevillais eurent le sentiment d'avoir été abandonnés par leur curé. Pour d'autres, le prêtre avait été exécuté en secret par les Allemands. L'évêché mit du temps à le remplacer. Dès son arrivée, le père Raymondin s'efforça de renouer les liens avec la population, mais il n'avait pas la disponibilité et l'enthousiasme communicatif du père Antoine, peut-être parce qu'il devait se partager entre plusieurs autres paroisses. Le vénérable père Raymondin, malgré sa bonne volonté, ne parvint jamais à faire oublier complètement le jeune et populaire père Antoine.

La neige avait continué à tomber pendant toute la nuit. Quand Henriette se leva, le village était recouvert d'une lumineuse couche blanche. Elle prit garde de ne pas faire trop de bruit afin de ne pas réveiller son hôte. Mais elle distingua bientôt des pas dans la salle de classe. Antoine était debout. Elle ouvrit un peu la porte et entendit nettement que quelqu'un bougeait au fond de la salle.

— Père Antoine ? Vous êtes réveillé ? demanda-t-elle timidement.

— Oui, Henriette, vous pouvez entrer, je vous en prie.

Il avait replié soigneusement les couvertures.

— Avez-vous bien dormi ?

— Oui ! J'en avais bien besoin.

— Venez ! Je vous ai préparé un petit déjeuner.

Il suivit Henriette jusque dans son appartement et se réjouit de voir sur la table des choses qu'il avait perdu l'habitude de consommer. Café noir, beurre fermier, confitures, pain, tout lui semblait si bon.

— Comment vous remercier, Henriette ? C'est trop.

La jeune institutrice sourit. Un tel repas n'était pas rare dans nos campagnes. Elle se demanda d'où il pouvait bien venir pour s'extasier ainsi devant des choses aussi simples et aussi banales.

Elle s'assit devant lui et l'observa tout en portant son bol de café à ses lèvres. Visiblement, il prenait un réel plaisir à déguster ses tartines. Quand il aurait terminé, elle l'emmènerait chez la mère Lenain de l'autre côté de la place. Qu'une jeune fille convenable et célibataire héberge un homme sous son toit, à plus forte raison un ancien curé, n'aurait pas manqué de faire jaser le voisinage.

Le retour d'Antoine allait faire parler. De cela, Henriette était déjà convaincue.

2

Henriette enfila un manteau chaud et mit ses bottines. Antoine était prêt et attendait tranquillement dans la salle de classe.

— Allons-y ! dit-elle en ouvrant la porte.

Aussitôt, un froid glacial tenta de s'engouffrer dans la pièce. Ils sortirent rapidement. La neige crissait sous leurs pas. Henriette faillit glisser, mais Antoine la rattrapa en lui saisissant la taille fermement. Elle le remercia en rougissant un peu. Pour sa sécurité, il suggéra à la jeune femme de s'accrocher à son bras. Avec cette neige, on ne savait jamais. Elle s'appuya volontiers sur le bras offert.

Après avoir traversé la cour de récréation, ils parcoururent sans encombre la distance qui les séparait du gros chêne, marchant prudemment dans la blancheur éclatante et pure de ce matin d'hiver. Ils ne rencontrèrent personne jusqu'à ce qu'une silhouette apparaisse à l'autre bout de la place. Henriette reconnut le vieux Lemevel, le menuisier-charpentier du village. Sa barbe grise était parsemée de flocons blancs. Seul son bonnet rouge tiré sur ses oreilles contrastait avec la couleur sombre de ses vêtements. L'homme s'avança, car il avait reconnu de loin la silhouette de l'institutrice, mais s'étonnait de la voir ainsi accompagnée.

Il s'approcha encore, marquant dans la neige vierge les traces de son passage. Quand il fut suffisamment proche, il marqua un temps d'arrêt. Non, il n'en croyait pas ses yeux. Cet homme en uniforme, c'était le père Antoine.

— Mon père, c'est vous ? s'exclama Lemevel, incrédule.

— Bonjour, Léon ! Ravi de vous revoir, répondit Antoine.

Le vieil homme reconnut l'uniforme des aviateurs anglais sous le long manteau d'Antoine. Sa casquette était recouverte de neige, mais il distinguait nettement les ailes dorées de la Royal Air Force. Le retour de son curé l'intriguait au moins autant que cette tenue. Leur curé revenait-il à Hauteville ? Les gens avaient tellement commenté la disparition du prêtre que son retour était devenu improbable. Antoine répondit avec calme qu'il ne savait pas de quoi l'avenir serait fait. Il arrivait tout droit d'Angleterre et son unique souci pour l'instant était de trouver une chambre. « Nous allons solliciter madame Lenain », ajouta Henriette. Lemevel reconnut que c'était une bonne idée, car il y avait peu de chance que le père Raymondin soit au presbytère, comme c'était le plus souvent le cas du temps du père Antoine. Ce dernier confirma l'absence de son successeur, mais s'empressa d'ajouter qu'il devait avoir beaucoup de travail. Difficile de lui en vouloir. Le menuisier reconnut volontiers que les temps avaient bien changé. Rien n'était plus pareil maintenant, mais, pour sûr, les paroissiens vont être étonnés de revoir leur ancien curé.

Antoine sembla embarrassé. Henriette vint à son secours :

— Antoine n'est plus prêtre, dit-elle.

Lemevel parut surpris. Avait-il mal entendu ? Le père Antoine n'était plus prêtre ? Le vieil homme semblait ne pas bien comprendre. Henriette mit un terme à la conversation en prétextant qu'il faisait froid et qu'elle avait hâte de se réchauffer. Elle tira le bras d'Antoine et se remit en marche vers l'hôtel Lenain après avoir salué une dernière fois le menuisier qui les regarda s'éloigner en se grattant la tête sous son bonnet.

— Vous pouvez être sûr que tout le village va être au courant de votre retour, dit Henriette.

— Oh, je m'en doute, répondit Antoine. Tenez bien mon bras, car c'est plutôt glissant. Je ne voudrais pas que vous tombiez.

Ils parcoururent avec précaution les quelques pas qui les séparaient du porche de l'hôtel. Arrivés sous son abri, ils frappèrent des pieds sur les pavés secs pour en ôter la neige qui continuait à tomber doucement. Henriette se dirigea vers une porte vitrée et frappa sur le carreau. La mère Lenain était bien chez elle, à en juger par la lumière qui provenait d'une pièce voisine du bureau de la réception. En effet, une silhouette apparut dans l'encadrement de la porte. C'était une vieille femme, petite, ronde, avec des cheveux roux, longs et mal coiffés, donnant l'impression de pousser dans tous les sens. Elle s'était emmitouflée dans une couverture qu'elle tenait frileusement sur ses épaules. À travers la vitre, elle reconnut Henriette et vint ouvrir la porte en levant les bras au ciel. « Quelle idée de sortir par un temps pareil ! » dit-elle en s'avançant pour embrasser la jeune institutrice. Elle remarqua la présence de l'homme en uniforme qui se tenait dans l'ombre du porche et interrogea Henriette du regard. Antoine la salua poliment.

— Vous ne reconnaissez pas le père Antoine ? demanda Henriette en souriant.

La vieille fronça les sourcils.

— Ah, il me semblait bien. Bonjour, mon père. Pour une surprise, c'est une surprise.

— Ravi de vous revoir, madame Lenain.

Mme Lenain invita ses visiteurs à entrer, affirmant non sans malice qu'il ne faisait pas un temps à mettre un curé dehors. Les deux jeunes gens ne se le firent pas dire deux fois. Ils traversèrent le hall de réception de l'hôtel à la suite de Mme Lenain qui les dirigea vers les pièces privées dans lesquelles elle vivait. Il y régnait une douce chaleur. Là, elle leur proposa de quoi se réchauffer l'intérieur du corps en répétant sans cesse qu'elle ne s'attendait pas à une telle visite.

À petits pas, la brave femme alla faire chauffer une casserole sur sa cuisinière à bois pendant qu'Antoine et Henriette s'installaient à la table. Sans se retourner, la vieille dame leur demanda de ne pas trop faire attention au ménage.

— Vous comprenez, je n'ai plus vraiment la tête à ça. Je compte sur votre indulgence.

Antoine la rassura sur ce point. Elle vint servir le café dans des tasses de porcelaine. Tout en les remplissant, elle interrogea ses invités sur la raison de leur venue, car elle supposait que le prêtre n'était pas de retour à Hauteville uniquement pour partager un café avec elle.

— En effet, madame Lenain, répondit Henriette, vous serait-il possible d'héberger ce voyageur imprudent qui ne sait où loger ? Je sais que votre hôtel est fermé, mais, peut-être, exceptionnellement vous pourriez…

— … lui louer une chambre, c'est ça ?

— C'est cela, oui.

La mère Lenain réfléchit un bref instant. Elle ne recevait plus personne depuis longtemps. Ses derniers clients n'avaient pas eu l'élégance et la délicatesse de régler leurs notes. Il faut dire que ses dix chambres avaient été réquisitionnées par les Allemands jusqu'au jour où ces clients indésirables détalèrent en toute hâte, sans préavis et surtout sans payer.

— Bah ! dit-elle, après tout, si ça vous dépanne, mon père, cela mettra un peu de vie dans ces murs.

— Merci beaucoup, madame, s'empressa de répondre Antoine. Je me débrouillerai pour mon linge et mes repas, ne vous inquiétez pas ! Je ne vous encombrerai pas.

— Voulez-vous vous taire ? Ça me changera les idées de cuisiner pour quelqu'un d'autre que moi.

— Mais je vous payerai, moi.

Elle balaya l'air d'un mouvement de la main signifiant que cette question n'était pas d'actualité. On verrait ça plus tard.

— Je ne suis pas pauvre, vous savez ! Mon pauvre Fernand m'a laissé de quoi subsister. Et puis, s'il le fallait, je pourrais toujours revendre cet immeuble. Nous espérions transmettre notre affaire à notre fils, mais…

Le visage rond de la vieille femme se voila de tristesse. Henriette et Antoine comprirent que des souvenirs douloureux devaient lui revenir en mémoire. Fernand Lenain avait été un résistant actif. Son métier d'hôtelier fut de la plus grande utilité pour la Résistance, car les officiers allemands occupaient toutes ses chambres. Sa discrétion, pour ne pas dire sa transparence toute professionnelle, lui avait permis de recueillir de précieux renseignements pour son réseau sans éveiller les soupçons des envahisseurs. Malheureusement, il fut abattu avec son fils Adrien dans une tentative de sabotage de la gare de triage engagée en juin 1944, peu de temps avant le débarquement des alliés sur les plages normandes.

— Le bon Dieu n'a pas été tendre avec moi, murmura-t-elle en retenant un sanglot.

Antoine sentit que cette phrase s'adressait à lui indirectement. Il posa sa main sur le bras de la pauvre femme et retrouva des mots qu'il avait oubliés depuis ces dernières années, des mots de curé, des mots réconfortants. Mme Lenain pouvait être fière de ce que son mari et son fils avaient fait. Ils s'étaient comportés en héros. Leur sacrifice n'avait pas été vain.

Soudain, quelqu'un frappa à la porte. Mme Lenain et Henriette sursautèrent. Comme la jeune institutrice, la vieille femme avait appris par le passé à redouter ces visites imprévues. Elles furent rassurées d'entendre la voix de Lemevel et de Ferchaud, le maire de Hauteville. « Venez par ici ! » leur cria l'hôtelière. Les deux hommes entrèrent, chapeau à la main.

— Vous voyez bien, m'sieur le maire, que je n'ai pas trop bu, dit Lemevel en désignant Antoine.

Ferchaud était un homme de grande taille au ventre proéminent et aux traits grossiers. Une abondante moustache noire barrait un visage tout en rondeurs. Une forte calvitie n'avait épargné qu'une couronne de ses cheveux. Il avait les lèvres épaisses de ceux qui s'efforcent de jouir des plaisirs de la vie.

Tournant nerveusement son chapeau entre ses mains, il s'avança pour serrer la main qu'Antoine lui tendait.

— Ça alors ! C'est bien vous, mon père ? chuchota Ferchaud.

— Ah, non, m'sieur le maire, ajouta l'autre, le père Antoine n'est plus père. Enfin, je veux dire qu'il n'est plus curé.

— C'est vrai, ce que dit ce vieux fou ? demanda Ferchaud.

Antoine confirma d'un signe de la tête. La mère Lenain se leva et invita ses deux nouveaux visiteurs à s'asseoir.

— Vous n'allez pas rester plantés là. Je vais vous faire un café, lança-t-elle sur un ton autoritaire.

Les deux hommes attrapèrent des chaises et s'attablèrent en la remerciant. Ferchaud avait un certain talent pour lire dans les yeux de ses interlocuteurs. Il observait avec une attention curieuse le visage de celui qui fut le curé de sa ville. Ce dernier ne se sentit pas vraiment à l'aise devant cet homme dont il connaissait le bon sens paysan et que la majeure partie des habitants appréciaient. Il s'attendait à de nombreuses questions. Elles ne tardèrent pas à arriver. Le maire but une gorgée de café sans quitter Antoine des yeux.

— On a cru… enfin, je veux dire qu'on était persuadés que vous…

— … que j'avais abandonné ma paroisse ?

— … ou que les Allemands vous avaient fait un sort. Vous comprenez, personne n'a jamais rien su de ce qui vous était arrivé, alors les gens causent, certains imaginent des choses. Vous savez ce que c'est.

Il savait en effet que les rumeurs se propageaient vite dans ces petites communes rurales. Il avait toujours pris garde de ne pas s'y exposer pendant toute la durée de sa présence à Hauteville. En tant que curé, il se devait d'être exemplaire, non par orgueil, mais surtout et d'abord pour se protéger lui-même.

— Je vais tout vous expliquer, dit Antoine, je…

Il fut interrompu par une voix d'homme provenant de la réception. Henriette se leva en demandant à Mme Lenain de ne pas se déranger une nouvelle fois. Elle disparut un court instant avant de revenir, suivie par un grand gaillard aux cheveux blonds et un peu longs, aussi mince que Ferchaud pouvait être rond. L'homme était vêtu avec soin d'un costume trois-pièces de teinte claire. Amusée, Henriette annonça l'arrivée de maître Heulin, le notaire. Ce dernier salua tout le monde d'un timide bonjour. Ferchaud plaisanta en disant que, si ça continuait, tous les membres du conseil municipal allaient se retrouver dans la cuisine de la Marguerite. Le notaire s'en excusa, mais il avait appris par hasard que…

— … qu'il me restait encore un peu de café, ajouta Marguerite, ravie d'accueillir chez elle autant de monde. Cela n'était plus arrivé depuis des mois.

Henriette se leva aussitôt pour servir le nouvel arrivant tandis que Mme Lenain lui demandait de prendre place. Elle remercia Henriette de se charger du service, car ses jambes étaient maintenant bien fatiguées.

Le notaire serra la main de tous, terminant son tour de table par Antoine. La nouvelle du retour de l'ancien curé de Hauteville avait fait le tour du village comme il fallait s'y attendre. Il avait suffi à l'intarissable Lemevel d'échanger quelques mots avec Perrin, le garde champêtre, pour que tout le bourg soit informé de l'événement. À son tour, maître Heulin n'avait pas résisté à l'envie d'en savoir plus. Il avait mis son manteau et son chapeau, puis avait traversé la place jusqu'à l'hôtel dans lequel il s'était permis d'entrer.

— Je suis aussi étonné que ravi de vous revoir, déclara Heulin, mais comment dois-je vous appeler ?

— Appelez-moi Antoine, simplement. Le père Antoine a disparu il y a quelques années. Aujourd'hui, c'est Antoine Cordier qui revient à Hauteville.

Les habitants de Hauteville avaient tellement l'habitude de l'appeler par son prénom que beaucoup en avaient oublié son nom. Le notaire se montra intrigué par ce retour inattendu de leur ancien curé. Qu'est-ce qui pouvait bien le ramener ici ?

— Je travaille comme correspondant et chroniqueur pour *Le Clairon*, ce nouveau journal régional qui a créé une agence à Caen.

Tous restèrent muets devant cette déclaration, car renoncer à Dieu et à l'église était difficilement concevable pour ces esprits simples. Antoine expliqua que le nouveau journal avait été créé début 1944 par un résistant français rencontré à Londres. Il naquit à Rouen peu après cette rencontre et s'était révélé très rapidement comme un vecteur important de communication, notamment dans les mois qui précédèrent le débarquement. La Résistance y trouva en effet des informations parfaitement codées en provenance directe de Londres et pouvait ainsi structurer ses actions. Le patron du journal fut bien arrêté par les

Allemands, mais ils ne purent le faire parler avant que la marée des alliés ne déferle sur les plages normandes. Eugène de Beaulieu fut libéré à Rouen peu de temps après par les Américains, échappant ainsi à une probable exécution.

— De quoi allez-vous parler dans votre canard ? demanda Lemevel.

— De vous, de nous, de tout ce qui a fait l'histoire du pays, les choses heureuses comme les événements les plus tragiques. Un témoin s'est manifesté à Hauteville et je dois le rencontrer. Il aurait des révélations importantes à faire sur un des événements les plus sombres de l'histoire de la ville.

— Qui ? demanda Ferchaud. Et sur quoi ?

Antoine ne pouvait répondre à cette question pour deux raisons : la première était qu'il ignorait totalement l'identité de ce témoin. Le contact avait été reçu directement par la rédaction du journal. Les seules choses qu'il savait étaient la date et l'heure du rendez-vous ainsi fixé. La seconde raison était d'ordre déontologique. Même si le nom du témoin lui avait été connu, il se serait refusé à le communiquer. Ferchaud marqua un temps d'arrêt, les sourcils fortement froncés, puis il reprit :

— Soit ! Dans ce cas, expliquez-moi au moins ce qui vous a décidé à partir du village.

L'ex-prêtre soupira. Le temps était venu de mettre les choses au point. Raconter son histoire mettrait un terme aux rumeurs qui avaient couru à son sujet. Si certaines étaient pertinentes, d'autres en revanche relevaient de la plus parfaite fantaisie.

En silence, il leva sa tasse et la porta à ses lèvres. Toutes et tous attendaient que la lumière soit enfin faite sur la raison du départ de leur curé cinq ans plus tôt.

— Je vous dois une explication, en effet, dit Antoine. Tout a commencé ce jour dont vous vous souvenez forcément tous. C'était le jour de l'arrivée des Allemands dans notre village.

L'ancien curé commença son récit, écouté attentivement par ses compagnons de table.

3

Ce jour de juin 1940 avait débuté paisiblement, malgré les nouvelles peu rassurantes. L'armée française avait été battue par l'envahisseur allemand en quelques semaines seulement. Les forces britanniques et canadiennes avaient dû regagner l'Angleterre après avoir été repoussées à Dunkerque par l'armée d'Hitler. Plus de trois cent mille hommes traversèrent la Manche sur toutes sortes de bateaux militaires ou civils. Parmi ces hommes, cent vingt mille Français et Belges parvinrent à se sauver grâce au sacrifice de soldats et de résistants français qui retardèrent héroïquement pendant des jours la progression de l'ennemi. Pétain fut contraint de signer un armistice dans le wagon de Rethondes, celui-là même dans lequel fut signé l'armistice de 1918. Le pays payait cher le manque de modernisation de son armée qui fonctionnait encore selon les principes de la guerre précédente. Notre matériel était aussi dépassé que nos tactiques militaires. Les Allemands, quant à eux, n'avaient pas cessé de moderniser leur armée sans que les pays voisins réagissent. Quand Hitler fut hissé par son peuple aux plus hautes fonctions de l'État, profitant d'un mécontentement général lié à une conjoncture économique désastreuse que les précédents conflits n'avaient guère arrangée, la machine de guerre allemande s'était remise en marche et elle ne tarda pas à remporter victoire sur victoire. Les envahisseurs germains défilèrent bientôt sur les Champs-Élysées à Paris, humiliant plus encore une nation vaincue et sonnée.

Dans la petite église de Hauteville, un curé en soutane priait, agenouillé sur un prie-Dieu devant un Christ crucifié. Le père Antoine, comme l'appelaient ses paroissiens, demandait à Dieu d'épargner le peuple français de la fureur nazie. Ses lèvres bougeaient à peine, car il chuchotait de transparentes paroles, suffisamment légères pour monter au ciel.

Tout à coup, son attention fut attirée par des cris d'enfants dans la rue. Il crut d'abord à quelque jeu innocent de gamins turbulents. En tendant l'oreille, il finit par comprendre le sens de leurs paroles :

— Ils arrivent ! Ils arrivent ! hurlaient-ils.

Le père Antoine se leva, fit le signe de croix, saisit son missel et se dirigea vers la grande porte de l'église. Là, debout sur le perron, il vit plusieurs enfants courir dans tous les sens et ouvrir les portes des maisons pour crier le même message : « Ils arrivent, les boches arrivent ».

Un jeune garçon passa en courant à proximité de l'église. Le curé l'interpella :

— Qu'y a-t-il, petit ?

— Les Allemands arrivent, monsieur le curé. Ils sont des centaines. Les bûcherons les ont vus depuis la Colline aux Biches, répondit le gamin avant de reprendre sa course dans les rues de Hauteville pour alerter les habitants de l'imminence du danger.

Le père Antoine retourna devant l'autel et pria de plus belle.

— Je vous en prie, Seigneur, protégez les habitants de ce village !

Pendant qu'il priait, une carriole tirée par un cheval au galop arriva sur la place de la mairie. C'étaient les deux frères Thuaud, les bûcherons qui travaillaient sur la Colline aux Biches et qui avaient donné l'alerte. Ils furent bientôt entourés de dizaines de femmes et d'hommes que les cris des enfants avaient inquiétés.

Le père Antoine sortit de l'église et vint lui aussi aux nouvelles. Le maire discutait avec les bûcherons. Peu à peu, une grande partie de la population s'était regroupée sur la place. Tout le village fut bientôt présent autour du vieux chêne. L'émotion était à son comble. Les frères Thuaud répondaient aux questions qui fusaient de partout.

— De là-haut, disait l'aîné, on voit parfaitement la plaine. Une colonne nous arrive droit dessus.

— Combien sont-ils ?

Le bûcheron fit un geste vague. Difficile de savoir, mais lui et son frère avaient clairement vu que le convoi était composé de voitures de commandement précédées de motos et de plusieurs automitrailleuses. Derrière suivaient des camions de transport de troupes bâchés. Les Allemands étaient au moins une centaine.

— Avec des chars ? s'inquiéta un des villageois.

Les bûcherons n'en avaient pas vu un seul, mais ça ne signifiait rien. Les chars plus lourds et plus lents allaient peut-être arriver ultérieurement. Difficile de savoir. Ferchaud tenta de rassurer ses administrés en affirmant que Hauteville n'était probablement pas un objectif stratégique pour l'armée allemande et que ces soldats passeraient leur chemin. M. Weil, l'instituteur, n'en était pas aussi sûr. Car la Colline aux Biches permettait de dominer l'étendue de la plaine et de voir arriver un ennemi à des kilomètres. En plus, n'en déplaise à monsieur le maire, la gare était bel et bien un enjeu stratégique important, car elle desservait les villes de Caen et les ports les plus proches. Le maire ne répondit pas. Weil avait sans doute raison, les Allemands ne venaient pas dans leur direction par hasard, mais il lui importait de ne pas céder à la panique.

— Quand arriveront-ils ? demanda un des habitants.

— Ils ne vont plus tarder, maintenant.

Le bûcheron avait à peine prononcé ces mots qu'un bruit de moteur se fit entendre, puissant et terrifiant. Plus personne ne parla. Les regards se tournèrent vers la route que devaient nécessairement emprunter les soldats allemands pour accéder au village. Une première moto apparut, puis une deuxième. Les half-tracks suivirent, canons pointés vers l'avant, frappés de l'insigne noir et blanc de la

Wermacht. Dès que les soldats aperçurent la foule des habitants réunis sur la place autour du gros chêne, les canons se pointèrent sur eux, menaçants. Il y eut un moment de brève panique. Une voiture se détacha du convoi et se dirigea droit vers l'attroupement. À son bord, se trouvaient trois officiers et leur chauffeur.

Instinctivement, les gens reculèrent. Seul Ferchaud s'avança malgré l'angoisse qui le submergeait. L'un des hommes en uniforme descendit de la voiture et s'approcha du maire. C'était un homme mince aux gestes nerveux. Son regard avait la clarté glaciale des gens de l'Est. Il salua en faisant claquer l'un contre l'autre les talons de ses bottes impeccablement cirées tout en levant le bras. « Heil Hitler ! » cria-t-il. Quand il ôta sa casquette, ses cheveux blonds et très courts apparurent, renforçant la froide expression d'un visage grave et anguleux. Ferchaud n'en menait pas large. L'homme s'adressa à lui dans un français presque sans accent :

— Monsieur le maire, je suppose ? Je suis le major Keller. Je vous informe que je prends possession de votre commune.

Il désigna du doigt l'hôtel Lenain.

— Je réquisitionne toutes les chambres de cet hôtel pour mes officiers. Vous voudrez bien faire libérer les chambres qui seraient éventuellement occupées.

— Mais…

— Pas de mais, monsieur le maire. Je n'ai pas de temps à perdre en vaines discussions.

Un des hommes du groupe partit en courant en direction de l'hôtel pour prévenir Lenain. Le major Keller s'adressa ensuite d'une voix ferme au groupe des habitants muets de stupeur.

— Nous installerons la Kommandantur à la mairie de votre village. Monsieur le maire me cédera son bureau. Vous êtes désormais sous mon autorité. Vous apprendrez à vivre selon nos lois. Tous les mouvements à l'entrée ou à la sortie du village seront contrôlés. Des automitrailleuses seront positionnées aux endroits stratégiques comme la route, la gare et la colline. Notre administration vous fournira les laissez-passer nécessaires ainsi que des tickets de rationnement. Enfin, toutes les chambres libres sont réquisitionnées pour y loger mes hommes, mais cela ne suffira pas. Aussi, trouvez-moi des locaux suffisamment vastes pour y loger décemment le plus grand nombre de mes soldats.

Un silence épais pesa soudain sur la place comme une chape de plomb. Keller observa d'un air satisfait les visages inquiets des Hautevillais tandis qu'un vague sourire se dessinait sur le sien. Il donna l'ordre à tous de regagner leur demeure. Dans la foule, il remarqua la soutane du père Antoine, qui s'apprêtait à marcher en direction de son église.

— Ah, mon père, dit Keller, mes hommes et moi assisterons à vos offices tous les dimanches. J'espère que vous n'y voyez aucun inconvénient.

Le prêtre plongea son regard dans celui de l'Allemand, se contentant de répondre sur un ton neutre que la maison de Dieu restait ouverte à tous. L'officier sembla satisfait, même s'il perçut dans la réponse du prêtre une hostilité à peine voilée.

Ensuite, Keller se tourna vers les autres occupants de sa voiture et donna des ordres brefs. Aussitôt, ceux-ci coururent rejoindre la colonne. Les véhicules redémarrèrent. Un camion bâché vint se garer devant la mairie, escorté par les motos. Des hommes armés se positionnèrent tout autour de la place sur les ordres de leurs chefs. Dans un bruit de moteur, les automitrailleuses manœuvrèrent et partirent dans plusieurs directions, tandis que les soldats descendaient par dizaines des autres véhicules.

— Monsieur le maire, accompagnez-moi à la mairie, je vous prie, dit Keller.

— Euh… tout de suite ? balbutia Ferchaud.

— Bien sûr ! J'ai hâte de m'installer. Mon aide de camp va se charger de préparer ma chambre à l'hôtel. Allons-y ! Je vous suis.

Les deux hommes marchèrent en direction de la mairie. Des soldats commençaient à décharger le camion. Une fois arrivés dans le hall, Keller demanda à voir immédiatement le bureau du maire. Celui-ci se situait au premier étage. Trois hautes fenêtres laissaient entrer la lumière de l'été naissant. De là, on pouvait voir tout ce qu'il se passait sur la place. Cela sembla satisfaire l'officier allemand qui s'installa dans le siège confortable de Ferchaud. Ce dernier tenta de protester.

— Mais c'est mon bureau, major.

— Erreur, monsieur Ferchaud, répondit Keller en lisant le nom du maire écrit en lettres d'or sur le chevalet posé devant lui, ce bureau est désormais le mien.

— Où vais-je travailler ?

— Débrouillez-vous, mon vieux. Mais rassurez-vous, je crois que vous aurez maintenant beaucoup moins de travail.

Des soldats apportèrent des piles de cartons, des machines à écrire, des cartes murales. Quelques-uns d'entre eux montèrent au dernier étage, ouvrirent les deux fenêtres latérales de la salle du conseil et positionnèrent sur chacune d'elles un cylindre qu'ils attachèrent solidement aux garde-corps, puis ils coupèrent les liens qui les maintenaient. Les habitants encore sur la place virent se dérouler sur la façade de leur mairie deux immenses panneaux rouges qui descendaient jusqu'au sol, flanqués chacun d'une croix gammée au centre d'un cercle blanc. Au rez-de-chaussée, des militaires s'affairaient pour installer au-dessus de la porte d'entrée de l'immeuble un panneau sur lequel était inscrit le mot « Kommandantur ».

Les villageois regardèrent ce spectacle, bouche bée. Chacun prit soudainement conscience que la France avait bel et bien perdu la guerre. Ce qui leur semblait encore impensable quelques heures plus tôt venait de prendre la consistance d'une brutale réalité. La couleur rouge dont l'ennemi avait orné la façade de leur mairie les impressionnait autant que s'ils avaient vu le sang des soldats vaincus.

Troublé, Ferchaud s'apprêtait à quitter son ex-bureau. Keller donnait tranquillement des instructions à ses hommes sans se soucier le moins du monde de la détresse de son hôte. Le portrait du président de la République française fut décroché du mur et remplacé par celui, trois fois plus grand, du führer. Pour la première fois de sa vie, le maire de Hauteville eut peur. Les Allemands lui donnaient l'impression d'avoir une parfaite organisation et une redoutable efficacité.

Keller déroula sur le bureau une grande carte et invita ses officiers à l'examiner. Il montrait du doigt certains points précis en donnant ses ordres. Rapidement, les officiers partirent appliquer les consignes reçues après avoir salué leur chef d'un bras levé et du claquement de talons réglementaire.

Tout était perdu, pensa Ferchaud. Il allait sortir quand Keller l'appela.

— Monsieur le maire, vous voudrez bien réunir le conseil municipal au plus vite. Par ailleurs, j'ai besoin de la liste de tous vos concitoyens. Je vous remercie de votre coopération !

Cette fois-ci, Ferchaud ne protesta pas. Il sortit sans dire un mot, la tête basse.

Le lendemain, les conseillers municipaux montèrent les escaliers menant à la salle de réunion. Le père Antoine les accompagnait, bien qu'il ne fût pas élu mais simplement convié à chaque réunion en qualité d'observateur.

Mme Blanc, une petite femme ronde et encore jolie d'une cinquantaine d'années, était la secrétaire de mairie. Inquiète, elle demanda discrètement à Ferchaud si elle devait assister à la réunion. Le maire l'invita à rester au rez-de-chaussée. Si le major requérait sa présence, il la ferait appeler. Elle parut soulagée et retourna s'installer à son bureau face à sa machine à écrire.

Quand les membres du conseil municipal arrivèrent au deuxième étage, ils eurent la surprise de constater que le major Keller s'était installé dans le fauteuil que le maire occupait habituellement. L'Allemand était entouré à sa droite et à sa gauche de ses deux plus proches collaborateurs.

— Bonjour, messieurs ! Veuillez prendre place, s'il vous plaît ! dit Keller sur un ton autoritaire, mais néanmoins courtois.

Chacun s'installa en silence. Seul le bruit des chaises raclant le parquet se fit entendre pendant quelques minutes. Ferchaud se plaça à l'autre bout de la longue table, face à Keller.

Le major expliqua sa façon de gérer la commune. Si des résistants – « des terroristes » selon le terme exact qu'il employa – se manifestaient, le village en subirait les conséquences. Il prétendit ne pas souhaiter en arriver là, mais son regard clair posé tour à tour sur chacun des conseillers présents leur fit froid dans le dos. Ferchaud fit remarquer que Hauteville était un village paisible. Keller s'en félicita, mais la menace était bien réelle à ses yeux. Il demanda à Ferchaud s'il avait dressé la liste des habitants. Ferchaud hocha la tête. Il sortit une liasse de papiers d'un dossier et la fit passer à Keller. Ce dernier examina longuement le document. Visiblement cela semblait le satisfaire. Il le passa ensuite à l'officier Hartmann assis à sa droite qui, à son tour, en commença une lecture attentive.

Pendant ce temps, Keller rappela les zones qui seraient désormais interdites à toute personne non munie d'une autorisation de la Kommandantur. Cette restriction concernait essentiellement la gare et la Colline aux Biches. Dans quelques jours, une division de chars « Panzer » viendrait renforcer le dispositif. Un couvre-feu fut instauré, interdisant toute sortie après 21 heures. Le docteur Langeard, qui faisait partie des membres du conseil municipal, demanda s'il était prévu un laissez-passer permanent pour lui et l'infirmière du bourg.

— Ne vous inquiétez pas, docteur, vous pourrez continuer à prodiguer vos soins à vos compatriotes. Je vous délivrerai une autorisation spéciale. En ce qui nous concerne, nous disposons de notre propre médecin.

Hartmann attira l'attention de son chef en lui montrant les feuillets qu'il parcourait. Keller saisit le papier que lui tendait Hartmann d'une main en posant de l'autre le doigt sur un des noms de la liste. Keller leva les yeux.

— Qui est M. Weil ? demanda-t-il.

— C'est moi, répondit l'instituteur.

Keller tourna la tête vers l'homme qui venait de parler. Il le dévisagea longuement sans rien dire, mais en portant sur lui un regard intense et glacial. Weil ressentit alors un profond malaise.

— Vous êtes instituteur, n'est-ce pas ?

Weil confirma d'un hochement de tête. Keller n'ajouta rien, mais continua de fixer Weil. Enfin, au grand soulagement de l'instituteur, il rendit le papier à Hartmann et poursuivit son intervention. Il parla longuement sur un ton monocorde, définissant les modalités de la nouvelle administration qu'il se proposait de mettre en place. Personne n'osa prendre la parole. Aucune question ne fut posée. La séance fut levée. La salle se vida en silence de ses occupants et les escaliers résonnèrent bientôt de leurs pas.

Avant qu'il n'ait eu le temps de sortir, Keller interpella le père Antoine.

— Mon père, dit-il, vous pourrez à l'avenir vous dispenser d'assister aux séances du conseil.

Le curé comprit à l'intonation de la voix du major qu'il ne servait à rien de polémiquer.

— Comme il vous plaira, mon fils, répondit-il.

Puis il sortit.

4

Ayant parlé longuement, Antoine fit une pause. Tous, autour de la table de Marguerite Lenain, attendaient la suite du récit, impatients de connaître enfin la raison du départ de l'ancien prêtre.

— Nous savons tout cela, mon p… pardon, Antoine, dit Ferchaud.

— Bien sûr. Je voulais simplement situer le contexte du drame.

— Je m'en souviens bien. Mon fils Augustin était encore là, répliqua le maire.

— Où est-il aujourd'hui ? demanda Antoine.

La mère Lenain, qui buvait son café à petites gorgées, intervint.

— Dame, ils faisaient la paire avec mon Adrien.

Ferchaud leva des yeux sévères sur Henriette qui détourna le regard.

— Pardi ! dit-il en la regardant. Il est en âge de se marier et, ici, les femmes sont bien difficiles.

Henriette rougit.

— C'est sûr qu'épouser un paysan, même si c'est l'héritier d'une des plus belles exploitations du canton, ça ne plaît pas à certaines de ces demoiselles, poursuit-il. Mais que voulez-vous ? Les études n'étaient pas son fort. Alors, que faire sinon le mettre au cul des vaches comme mes parents m'y ont mis moi-même ? Cependant, il a refusé d'être ce que j'ai toujours été, un paysan. Alors, il est parti à la ville.

— Et que fait-il aujourd'hui ? demanda Antoine.

— Il a étudié pour devenir cheminot à Caen. Aujourd'hui, il est l'adjoint du chef de la gare de Hauteville. Les vaches, vous voyez bien, ce n'était vraiment pas son truc. Enfin, peu importe ! Continuez votre histoire, je vous en prie !

Antoine reprit son récit.

La cohabitation avec l'occupant allemand se passa sans heurts notables pendant la première année. Les habitants s'étaient peu à peu habitués à la présence ennemie. Chacun respectait les consignes données par le major Keller. Ferchaud s'était fait une raison et tentait dans la mesure du possible d'arrondir les angles avec l'administration allemande dès qu'un litige survenait. Il avait fini par installer son bureau à côté de celui de Mme Blanc. Régulièrement, le major convoquait le conseil municipal dont les membres, en pratique, n'exerçaient plus aucune fonction et n'avaient plus aucun pouvoir. Malgré tout, les conseillers avaient l'impression d'être encore utiles. Secrètement, ils ne désespéraient pas de retrouver un jour l'intégralité de leurs prérogatives.

Le drame arriva en juin 1941. C'était le jour de la fête de l'école. M. Weil avait organisé un petit spectacle joué par les enfants avec l'aide d'Henriette. Le père Antoine y avait été convié. Exceptionnellement, Keller avait repoussé le couvre-feu d'une heure à cette occasion. Après la fête, tous les habitants rentrèrent sagement chez eux.

Vers minuit, Ferchaud dormait déjà paisiblement aux côtés de Simone, son épouse. La chambre voisine était celle de leur fils, Augustin. Tout à coup, le maire fut réveillé par des bruits venant de dehors. Des bruits de pas d'abord. Des gens couraient et criaient en même temps. Il ne pouvait s'agir que de soldats allemands à cette heure-ci. Le maire se montra curieux et se leva pour ouvrir doucement la fenêtre de sa chambre et entrebâiller le volet. D'abord, il ne vit rien, sinon les gardes en faction devant la mairie. Rien de grave, sans doute, pensa-t-il en refermant volets et fenêtre. Il retournait se coucher quand des coups violents furent frappés à sa porte. Simone se réveilla en sursaut.

— Que se passe-t-il ? demanda-t-elle, effrayée.

— Je ne sais pas. Reste couchée, je descends voir.

Il enfila ses chaussons et sortit de la chambre. En bas, quelqu'un frappait de plus belle. Le maire grommela en descendant les escaliers. Nerveusement, il ouvrit la porte.

— Major ? Que vous arrive-t-il ?

— Habillez-vous et suivez-moi ! ordonna l'officier.

Ferchaud attrapa un manteau et enfila ses chaussures. Le major restait silencieux et marchait d'un pas décidé en direction de la gare. Il faisait encore chaud, malgré l'heure tardive. Des soldats armés accompagnaient les deux hommes qui arrivèrent dans un coin sombre. Ferchaud eut beau plisser les yeux, il ne vit rien jusqu'à ce que Keller lui montre une masse noire sur le chemin pavé. Dans l'ombre, il était difficile de distinguer la nature de cette chose qui barrait le chemin. Keller donna un ordre. L'un des soldats éclaira la scène à l'aide d'une torche, tandis qu'un autre se baissait pour attraper ce qui ressemblait à un corps. Ferchaud remarqua que l'homme qui gisait à terre portait un uniforme allemand. Quand le soldat le retourna, Ferchaud reconnut immédiatement Hartmann, le bras droit de Keller. Son visage était couvert de sang, mais l'identité de l'officier ne faisait aucun doute.

Ferchaud regarda Keller avec l'expression un peu ahurie de quelqu'un qui ne parvenait pas à comprendre la situation. Le major fronça les sourcils, en proie à une vive colère intérieure. Il s'adressa sèchement à Ferchaud :

— Vous réunirez l'ensemble des habitants demain matin sur la place de la mairie.

— Qui a tué cet homme ? demanda le maire à qui la gravité de l'acte n'échappait pas.

— C'est précisément ce que nous verrons demain. La mort d'un de mes officiers ne peut rester impunie. Maintenant, retournez vous coucher. Quant à vous, dit-il en allemand aux soldats qui l'accompagnaient, enlevez ce corps !

Tandis que ses hommes s'affairaient, Keller tourna les talons après avoir salué Ferchaud et se dirigea vers l'hôtel. Ferchaud restait désemparé devant le cadavre que les soldats transportaient. Il revint à son domicile avec une inquiétude extrême. Dans l'ombre de sa chambre, il ne ferma pas l'œil de la nuit, craignant de sévères représailles.

Dès l'aube, Ferchaud avait transmis ses instructions à Perrin, le garde champêtre, qui se mit immédiatement en route dans le village pour informer la population du rassemblement exigé par le major Keller sur la place publique. Une telle demande était suffisamment exceptionnelle pour que les habitants se posent des questions. Que se passait-il ? Que leur voulait-on ? Chacun y allait de son avis en marchant vers la place centrale du village. Les uns, anxieux, interrogeaient le père Antoine qui n'en savait guère plus. D'autres, plus optimistes, prétendaient que l'autorité allemande souhaitait sans doute imposer de nouvelles consignes. Seul Ferchaud connaissait la raison de ce rassemblement et cela le rendait nerveux. Mme Blanc le trouva particulièrement tendu ce matin-là, lors de son arrivée à la mairie dès la première heure, ce qui ne lui était plus arrivé depuis longtemps.

Chacun avait donc abandonné ses occupations pour répondre aux ordres du major. Parmi la foule qui ne cessait de s'amasser devant la mairie, se trouvaient déjà en grande discussion Henriette et son père, les frères Thuaud, maître Heulin, les Lenain, M. Weil, l'instituteur, le père Antoine, le docteur Langeard... Tout le village se bousculait désormais sur la place, sous les yeux attentifs des sentinelles allemandes, doigts courbés sur la gâchette de leurs mitrailleuses.

Le major Keller était dans son bureau avec deux autres officiers. Ferchaud tournait en rond dans le sien, au comble de l'énervement. Mme Blanc voulut lui proposer un café, mais il préféra y renoncer, tant l'homme se sentait angoissé.

— Mais que font-ils donc ? grogna-t-il, impatient.

Enfin, il entendit que l'on descendait les escaliers. Keller apparut, les traits tendus, l'air sombre. D'un geste, il invita Ferchaud à le suivre sur le perron de la mairie. Les deux hommes firent face à la foule d'où montait le bourdonnement des conversations. Quand Keller commença à parler, tous se turent.

— Un de mes officiers a été assassiné cette nuit. Le ou les coupables ont jusqu'à demain matin 11 heures pour se dénoncer. J'ai en main la liste des quinze personnes qui seront exécutées au terme de ce délai, si les meurtriers du lieutenant Hartmann choisissent de ne pas se manifester. Les quinze otages dont les noms suivent sont priés de s'avancer.

Keller commença à lire les noms inscrits sur sa liste. Parmi les quinze, Ferchaud fut consterné de découvrir que figurait celui de l'instituteur. La foule marqua sa désapprobation par un murmure scandalisé. Ferchaud attendit la fin de l'énumération pour tenter à voix basse de dissuader

Keller de retenir le nom de M. Weil. L'Allemand le regarda avec une extrême dureté. Et pourquoi accorderait-il une telle faveur à cet homme ?

— M. Weil fait partie du conseil municipal, major. De plus, c'est notre instituteur et…

— C'est aussi un juif, répliqua Keller.

La discussion s'arrêta net. Les quinze hommes furent réunis et immédiatement encadrés de plusieurs soldats allemands. Keller hurla un ordre et les otages furent poussés sans ménagement vers l'école. La plupart étaient des célibataires, dont certains étaient soupçonnés d'appartenir à la Résistance ou à un groupe communiste. Seul l'instituteur était marié et avait deux enfants. Mme Weil s'effondra au beau milieu de la foule. Quelqu'un appela le docteur Langeard qui accourut aussitôt à son secours. La pauvre femme fut reconduite chez elle, à demi inconsciente.

— Monsieur le curé, cria Keller, vous voudrez bien prévoir aujourd'hui une messe à la mémoire du lieutenant Hartmann.

Le père Antoine se contenta de hocher la tête. Keller précisa que le corps de l'officier serait rapatrié le soir même par avion à Berlin où il serait inhumé en présence de sa famille. Après un dernier claquement de talons, le major rentra dans la mairie et regagna son bureau. Les gardes armés se replacèrent devant la porte pour en barrer le passage, mitrailleuses à la hanche.

Le père Antoine s'approcha de Ferchaud déjà entouré de personnes inquiètes ; certaines, en larmes, s'affolaient de la menace de mort qui planait désormais sur les têtes d'un proche, d'un ami, d'un voisin. Le maire tentait de rassurer ses concitoyens, mais dissimulait mal sa propre angoisse. Le curé lui demanda s'il avait une idée de l'auteur de ce meurtre. Il déclara, impuissant, n'en avoir aucune. Le motif même de cet acte ne lui semblait pas clair non plus. Il connaissait chacun des habitants de Hauteville et ne parvenait pas à imaginer que l'un ou l'autre de ses administrés ait pu se rendre coupable d'un crime aussi dangereux pour la sécurité de tous. Les Allemands n'auraient aucune pitié. Les otages étaient bel et bien en danger de mort.

La foule se dispersa sans hâte. Bientôt, la place retrouva sa tranquillité habituelle. Afin de répondre aux ordres du major, le père Antoine organisa une cérémonie religieuse dans son église et en avertit la Kommandantur.

Le cercueil du lieutenant Hartmann fut transporté devant l'autel. Seuls étaient présents les officiers et quelques soldats allemands. Les gens du village s'étaient évidemment abstenus de participer à cette messe. La cérémonie fut sobre. Le père Antoine se contenta de quelques cantiques et d'une lecture d'un passage de la Bible. Cela échappa probablement à Keller, mais le curé se dispensa de tracer le signe de croix devant le cercueil recouvert du drapeau nazi.

Dès que la cérémonie fut achevée, les soldats soulevèrent le cercueil sur leurs épaules. Ils le sortirent de l'église et le chargèrent à l'arrière d'un camion militaire qui démarra aussitôt.

Le lendemain matin, la plupart des villageois furent réveillés de très bonne heure. Certains, il est vrai, n'avaient pas fermé l'œil de la nuit. Dans son bureau, Keller était particulièrement nerveux. Le cadavre du lieutenant ayant été retrouvé non loin de la gare, il fit convoquer Marcel Hutin et sa fille. Hutin fut mis rapidement hors de cause, car à l'heure supposée du meurtre, il se trouvait à plusieurs kilomètres du village pour vérifier un aiguillage défectueux. Quant à Henriette, elle était rentrée après la fête de l'école et s'était couchée aussitôt. Certes, Hartmann n'avait jamais dissimulé l'intérêt qu'il portait à la personne de la jeune fille à qui il fit une cour assidue. Cependant, Henriette n'avait jamais cédé à ses avances, bien que l'homme fût séduisant et cultivé. Il avait animé en partie la fête de l'école en jouant fort bien quelques morceaux au piano. Souvent, il avait montré envers Henriette de délicates attentions, comme lui offrir des fleurs. Si elle ne l'avait jamais éconduit, elle ne lui avait jamais laissé le moindre espoir. L'uniforme qu'il portait était la raison principale de la distance qu'Henriette n'avait jamais cessé de mettre entre elle et l'officier allemand. L'homme avait été suffisamment intelligent pour comprendre une telle attitude et n'en prendre jamais ombrage.

Keller remercia Henriette et l'autorisa à regagner son domicile après s'être excusé de ses soupçons infondés. Il s'étonna juste qu'une aussi jolie femme soit encore célibataire, mais il lui fallait admettre qu'elle était encore bien jeune. Elle ne manquerait assurément pas de prétendants.

Enfin, devait-il se l'avouer, il reconnaissait que Hartmann avait bon goût.

La matinée s'écoula rapidement. Keller tournait en rond dans le bureau du premier étage, tandis que Ferchaud et Mme Blanc attendaient en bas l'arrivée tant espérée du coupable. De la fenêtre, le maire regardait avec angoisse le bâtiment de l'école où les otages avaient passé une nuit qu'il n'avait aucune peine à imaginer affreuse et tourmentée. Il pensait en particulier à M. Weil et à sa famille. Si le malheur venait à s'abattre sur l'instituteur, dont le seul crime était d'être juif, il faudrait organiser le départ de sa femme et de ses enfants vers la zone libre. Eux aussi étaient en danger.

Malgré ses craintes, Ferchaud s'efforçait de paraître confiant. Aucun homme digne de ce nom ne pouvait faire condamner quinze innocents. Aucun des otages n'avait pu commettre un tel crime. Il les connaissait tous trop bien pour pouvoir l'affirmer. La chose était évidente à ses yeux, le coupable ne pouvait être un de ces quinze hommes, ni Weil, ni aucun autre.

Il s'assit à son bureau, puis décida d'aller classer de vieux dossiers dans la salle des archives. Les heures défilèrent très vite et l'angoisse finit par l'assaillir. Un peu avant 11 heures, Perrin arriva. Le major lui avait ordonné de se présenter à cette heure précise. Le garde champêtre salua rapidement Ferchaud et la secrétaire avant de monter l'escalier rapidement.

Quelques minutes plus tard, il redescendit avec un papier dans la main, la mine défaite. Ferchaud se leva et vint vers lui. Perrin ne dit rien, mais lui tendit le papier. Le maire pâlit brusquement et dut s'asseoir.

— Mon Dieu, laissa-t-il échapper.

— Comme vous dites, monsieur le maire.

Il tendit la main pour récupérer le feuillet que Ferchaud tenait en tremblant.

— Désolé, mais je dois y aller, dit le garde champêtre, comme à regret.

Quand il fut sorti, Mme Blanc interrogea Ferchaud. L'homme semblait abattu. Il répondit en un souffle, les yeux dans le vague.

— Les otages…

— Et quoi, les otages ? s'impatienta la secrétaire.

— Ils vont être exécutés cet après-midi. Toute la population est sommée d'assister à ce… ce carnage.

La brave femme porta les mains à son visage en émettant un cri de stupéfaction, à moins que ce n'ait été un cri d'horreur. Ferchaud poursuivit avec gravité :

— L'exécution aura lieu sur la Colline aux Biches.

— Mais vous pouvez arrêter ça, monsieur le maire, pas vrai ? s'inquiéta Louise, affolée.

— Hélas, ma bonne Louise…

Ils restèrent ainsi l'un près de l'autre, silencieux et brutalement conscients de la triste réalité. Ensuite, Louise tourna le dos et alla s'installer à son bureau en portant un regard sombre sur Ferchaud. Des hommes allaient payer de leur vie un acte qu'ils n'avaient pas commis. Il existait donc dans ce village un homme suffisamment lâche pour laisser condamner des innocents à sa place ? Quant au maire de Hauteville, il éprouvait déjà la nausée à l'idée de devoir assister au spectacle sordide d'une exécution d'hommes qu'il savait parfaitement innocents du crime pour lequel ils avaient été injustement condamnés.

Keller l'appela du haut de l'escalier. Ferchaud regarda Mme Blanc avec une expression de tristesse impuissante. Il se leva péniblement de son siège pour gravir les marches qui le séparaient de ce qui fut son bureau.

5

Vers 15 heures, les habitants de Hauteville se rendirent sur la Colline aux Biches. Tous les soldats allemands étaient sur le qui-vive, armes à la main, attentifs au moindre mouvement suspect. Eux aussi étaient nerveux. La crainte d'une attaque de la Résistance était réelle.

Un groupe de militaires fit sortir les otages dans la cour de l'école. Le petit groupe des condamnés se trouvait ainsi encadré de près. Il leur fut ordonné de marcher en direction du lieu où ils seraient exécutés. M. Weil avança le premier, tête haute. Comme tous les autres, ses mains étaient liées dans son dos. La plupart des autres hommes gardaient la tête basse. Certains transpiraient à grosses gouttes, les yeux pleins d'une peur difficilement contrôlable. L'un d'eux, parmi les plus jeunes, tenta de crier son innocence et son refus de mourir, mais un soldat le remit dans le rang d'un coup de crosse brutal.

Keller avait fait appeler le père Antoine qui avait confessé la plupart des otages, mais pas tous. Certains avaient refusé la confession, en proie à une vive colère.

Quoi ? Ce Dieu si puissant et si miséricordieux permettait une telle injustice ? Que pouvait répondre le prêtre ? Pour lui aussi, la volonté de Dieu devenait un mystère. Il suivit le groupe, accompagné de deux enfants de chœur. Sur le chemin du sinistre cortège, les habitants se taisaient. Seuls quelques sanglots se faisaient entendre ici ou là. La femme de l'instituteur avait été dispensée par Keller d'assister à la mort de son mari. Elle sanglotait en compagnie de ses deux enfants dans l'appartement qui jouxtait l'unique salle de classe de l'école où son mari avait été retenu prisonnier.

Le groupe des otages arriva au pied de la colline et en commença péniblement l'ascension. Un cordon de soldats du Reich bordait chaque côté du chemin de terre, ne permettant à personne d'approcher. Au sommet, deux automitrailleuses postées surveillaient la vaste plaine.

Tout le village était maintenant réuni sous les gros chênes centenaires. Un silence épais régnait. À peine entendit-on un bref murmure quand les condamnés arrivèrent devant les cinq poteaux d'exécution. Le peloton déjà aligné était prêt à procéder à la tâche inhumaine qu'il leur faudrait répéter trois fois. Accompagné de ses officiers, Keller gravit à son tour la colline. Jusqu'au dernier moment, il avait espéré que le coupable se dénoncerait.

Henriette et son père se tenaient debout au premier rang. Le conseil municipal entourait son maire. Les visages étaient sombres dans l'ombre des grands arbres. Les soldats se figèrent au garde-à-vous à l'arrivée de leur commandant. En silence, Keller eut un regard circulaire sur les villageois pétrifiés. Puis il donna un ordre. Les cinq premiers otages furent sortis du groupe et poussés vers les poteaux où ils furent attachés solidement. Devant eux, les hommes qui allaient les tuer se tenaient droits, impeccablement alignés, fusil au pied, le visage parfaitement inexpressif de ceux qui exécutent un ordre sans se poser de question. Un soldat tenta de poser un bandeau sur les yeux des condamnés. Weil et deux autres de ses compagnons d'infortune refusèrent, désirant voir la mort en face. Le père Antoine s'approcha de chacun des hommes qui allaient mourir pour leur murmurer quelques paroles apaisantes. Son émotion était à son comble. Jamais il n'aurait imaginé être un jour confronté à un tel drame. La douleur de ces victimes l'atteignait au plus haut point. Il pria pour chacun d'eux, y compris pour ceux qui refusèrent de l'écouter.

Weil ne quittait pas Keller des yeux. Ce dernier finit par détourner le regard. Quand l'instituteur entonna *La Marseillaise*, le major leva le bras devant le peloton en donnant l'ordre de mettre en joue. Les soldats levèrent les fusils. L'hymne national fut bientôt repris par tous les habitants présents. Keller baissa le bras en criant « Feuer ! » Un bref crépitement se fit entendre. Les cinq hommes se turent, fauchés par une mort injuste. Leurs corps ne tenaient debout que par les liens qui les maintenaient aux poteaux. La foule continuait de chanter plus fort encore pour masquer les pleurs et les cris de désespoir.

Des soldats détachèrent les cadavres et les allongèrent sur le sol derrière un camion contenant les quinze cercueils. Cinq nouveaux otages furent attachés aux poteaux.

Avant chaque détonation, le curé recouvrait de ses mains ouvertes les yeux des deux enfants de chœur. L'horrible scène se répéta une troisième fois. Plus personne ne chantait. Des sanglots avaient remplacé *La Marseillaise*. Les quinze corps furent bientôt tous allongés sur l'herbe. Des hommes les prirent un par un pour les placer dans les cercueils qu'ils chargèrent ensuite dans le camion. Du sang avait éclaboussé les poteaux. Les habitants de Hauteville semblaient figés, comme paralysés par une telle barbarie. Le père Antoine lui-même fut pris d'une atroce nausée et alla vomir derrière un arbre.

Le camion avec son chargement funèbre redescendit la colline à vitesse réduite afin que tous les témoins du drame qui venait de se dérouler devant leurs yeux puissent le suivre. Au début de ce cortège douloureux, le père Antoine marchait en tenant la croix, les deux enfants en surplis blancs l'accompagnaient, essuyant de temps à autre les larmes qui emplissaient leurs yeux.

Dans le cimetière, le fossoyeur et plusieurs volontaires, appartenant pour la plupart aux familles des défunts, avaient creusé les tombes en urgence. Les quinze cercueils furent alignés devant le jeune curé qui entama la cérémonie funéraire la plus pénible de sa vie. Tout le monde ne put entrer dans le cimetière trop petit. Beaucoup restèrent à l'extérieur dans un silence parfait. Seule la voix émue du prêtre se faisait entendre, ainsi que des pleurs étouffés.

La population se pressa enfin pour saluer en file indienne les victimes innocentes de la barbarie nazie une dernière fois avant que la terre ne les recouvre à jamais.

Des cordons de soldats restaient à l'écart, prêts à intervenir au moindre danger. Une colère sourde montait en effet et les Allemands en étaient bien conscients. Keller n'assista pas à la cérémonie et regagna son bureau sans dire un mot.

Autour de la table de Marguerite Lenain, tous restaient silencieux. Ferchaud confirma le récit d'Antoine avec un air abattu. Le souvenir de ce drame habitait toujours les mémoires. Antoine se tut un instant. Le vieux Lemevel soupira.

— On se rappelle bien tout ça. C'était un avant-goût de l'enfer. J'avais dû travailler jour et nuit pour faire les cercueils de ces malheureux sur ordre de la Kommandantur.

— Nous avons tous été marqués par cette tragédie, reprit Antoine. C'est après cela que j'ai commencé à douter. Et puis, un autre événement inattendu, dont vous ne pouviez avoir connaissance, s'est produit.

Le notaire leva les yeux. Ses cheveux blonds et son visage mince et ridé exprimaient une curiosité interrogatrice. Ferchaud releva lui aussi la tête.

— De quoi voulez-vous parler ? dit le notaire. Racontez !

— Oui, renchérit Ferchaud, tout ça, on le sait. Continuez !

Antoine poursuivit son récit.

Peu de temps après l'exécution des otages, le père Antoine vécut des jours sombres. Il ne supportait plus la présence des militaires allemands aux offices des dimanches. Comment ces hommes pouvaient-ils prétendre être chrétiens ? Comment Dieu pouvait-il les accueillir dans sa maison ? Le prêtre se surprit à éprouver de la haine pour ces criminels implacables et sûrs de leur bon droit.

Il avait presque oublié de maudire l'assassin du lieutenant Hartmann quand il reçut en confession un homme. Cet homme, il le connaissait fort bien. C'était un habitant de la commune. Dans le secret du confessionnal, l'individu demanda le pardon de Dieu pour le meurtre qu'il avait commis.

— De quel meurtre parlez-vous, mon fils ? demanda le curé, fortement intrigué par cette déclaration.

L'homme hésita un long moment.

— L'officier allemand, murmura-t-il.

— Le lieutenant Hartmann ?

— Oui, mon père.

Le père Antoine resta muet de stupéfaction, à moins que cela n'ait été de colère. Il se retint de sortir du confessionnal et de se trouver ainsi face à l'assassin dont la lâcheté avait causé la mort de quinze innocents. Il s'efforça de garder son calme et demanda des explications à l'homme agenouillé de l'autre côté de la mince cloison en bois, dont il ne voyait que le visage au travers des barreaux. Il s'était disputé avec Hartmann pour une histoire de femme. La dispute avait tourné au pugilat. Hartmann avait un peu bu pendant la fête de l'école. Le combat fut bref et toute la science militaire du soldat ne put venir à bout de la fureur de son rival. L'officier tomba sur le sol, sa tête heurtant violemment un angle du trottoir en granit qui lui brisa les cervicales.

La confession de cet homme fut pour le prêtre un cas de conscience. D'une part, il connaissait l'identité du meurtrier ; d'autre part, il ne pouvait en faire état, étant tenu par le secret de la confession.

Les deux hommes se croisèrent souvent par la suite dans le village, mais ces rencontres les mettaient aussi mal à l'aise l'un que l'autre.

— Vous connaissez donc le nom de ce lâche, lança Heulin.

— Oui, je viens de vous le dire. Mais même si aujourd'hui je n'appartiens plus à l'église, je ne peux trahir le secret de la confession, répondit Antoine.

Tous se taisaient maintenant, même le vieux Lemevel. Ferchaud tournait nerveusement sa tasse entre ses larges mains, tête baissée. Antoine poursuivit en indiquant qu'il était ici précisément pour recueillir un témoignage qui lui permettrait d'écrire l'histoire et de révéler la vérité sur cet épisode tragique. Mais il n'en dit pas plus, proposant à ses ouailles de revenir plus tard sur la question.

— Je crois que le village a connu d'autres drames dont je n'ai pas eu connaissance. Et sur ce point, ce sera à mon tour de vous écouter. Mais avant, je voulais vous raconter ce que j'ai fait pendant toutes ces années et vous expliquer les raisons de mon départ.

Après cette confession embarrassante de l'assassin du lieutenant Hartmann qui rendait plus insupportable encore la mort de quinze innocents, le père Antoine se sentit désemparé. Sa foi même lui pesait. Devant la barbarie, les prières étaient une arme bien frêle et dérisoire. Dieu se taisait. Le sort des hommes n'était donc rien ou si peu pour le Seigneur ? Ces combats sanglants, ces affrontements permanents entre les éléments d'une même humanité ne démontraient-ils pas à quel point nos existences n'exerçaient aucune influence sur la marche immuable de l'univers ? Bien plus, nos vies ne lui étaient pas nécessaires. L'univers n'avait pas besoin de nous pour exister.

Un profond désespoir s'empara du prêtre. Rongé par la colère dirigée contre ses semblables, le père Antoine, dans la solitude du presbytère, réunit quelques affaires dans un sac. Il mit son manteau par-dessus sa soutane et son chapeau sur sa tête. Dehors, il faisait nuit. Il ferma soigneusement la porte à double tour, puis traversa la place pour déposer la clé dans la boîte aux lettres de la mairie. À cette heure-là, le village était encore endormi, de sorte qu'il ne rencontra personne. Il se rendit ensuite vers la gare.

Son habit de curé lui permit de passer de nombreux contrôles. Le train le mena jusqu'à Cherbourg sans encombre. De là, il chercha un bateau pour l'Angleterre. Personne ne se méfia jamais de cet homme d'Église que tous, Allemands ou Français, saluaient avec respect. Il finit par embarquer clandestinement sur un navire de pêche avec d'autres Français qui voulaient rejoindre l'Angleterre. Arrivé de l'autre côté de la Manche après une traversée interminable, le père Antoine passa la nuit dans un hôtel de la côte anglaise. Quand il le quitta le lendemain, il ne portait plus sa soutane. Le père Antoine était devenu Antoine Cordier. L'homme se mit en route sans avoir d'autre but que de gagner Londres. Il lui fallait rejoindre les Forces françaises libres qu'un certain général de Gaulle tentait de regrouper pour continuer le combat auquel Pétain avait renoncé.

À Londres, il fut reçu par un des plus proches collaborateurs du général. Il expliqua vouloir se battre pour sa patrie. Hitler avait engagé l'Angleterre dans un combat inhumain dans le but d'envahir ce pays. Des vagues d'avions commencèrent à traverser la mer pour venir frapper Albion en plein cœur. Des nuées de chasseurs et de bombardiers se succédaient sans cesse, déversant des tonnes de bombes sur la capitale britannique. Ce fut le quotidien de la bataille d'Angleterre qui dura de juillet 1940 à août 1941. Antoine Cordier fut affecté à une école pour y apprendre à voler. La Royal Air Force anticipait un probable besoin de pilotes et profitait de l'afflux d'hommes venant de tous les pays pour en faire des combattants.

L'entraînement d'Antoine commença par des vols tests sur des avions biplans utilisés pour la formation des pilotes. Celle du Français dura plus d'un an. Il avait pour lui l'avantage de maîtriser correctement la langue du pays, ce qui n'était pas toujours le cas de ses compagnons.

La RAF tint tête à la Luftwaffe de Goering, infligeant à l'Allemagne ce qui ressemblait fort à une défaite. Ceci attisa la haine de Hitler qui fit de la destruction de Londres un objectif prioritaire. Les vagues de bombardiers ne s'arrêtaient jamais, obligeant les pilotes de la RAF à exécuter le plus souvent plusieurs missions par jour. Les alertes se succédaient sans cesse. Quand, sur les aérodromes, les sirènes se faisaient entendre, les pilotes et les mécaniciens couraient aux avions pour des décollages en urgence qui ne devaient pas durer plus de trois minutes.

Beaucoup de pilotes ne revinrent pas à leur base. C'est en 43 qu'Antoine, affecté au 341e escadron, effectua ses premiers vols et ses premières missions sur un avion de chasse Hurricane. Il le reconnaîtra plus tard, ses talents de pilote ne furent pas exceptionnels. Lors de sa première sortie en opération, il fut touché par les mitrailleuses d'un Messerschmitt 109. Il parvint néanmoins à revenir à sa base sans avoir tiré une seule rafale. Un mois après, il parvenait à abattre un Junker 88. Avec l'expérience, il mit à profit la meilleure maniabilité de son Hurricane et parvint à abattre un ME 109. Aucune de ces deux victoires ne le remplira de joie. Au terme de ces engagements, il prit toujours le temps de s'assurer que les pilotes ennemis avaient eu le temps de sauter de leurs avions en flamme. Voir les corolles des parachutes s'ouvrir dans le ciel anglais le soulageait.

Antoine intégra ensuite le Bomber Command et vola comme co-pilote sur les forteresses volantes B 17 engagées dans le conflit par les Américains. De nombreux raids sur l'Allemagne furent entrepris afin de mettre fin aux rêves du Führer. Quand il largua ses chapelets de bombes sur Berlin, Antoine eut conscience qu'il trahissait plus encore la parole de Dieu en tuant de nombreux civils. De même, la destruction de Hiroshima puis de Nagasaki plus tard, en août 1945, par l'armée américaine, exterminant des centaines de milliers de civils, ressemblerait aussi à s'y méprendre à un crime odieux contre l'humanité. Et Dieu continuait de se taire. Heureusement, la guerre se termina sur ce bilan ahurissant de millions d'êtres humains sacrifiés.

— C'est pendant ces années que j'ai compris que je ne serais plus digne de porter la soutane, dit Antoine sur le ton du regret. La nature humaine m'avait profondément déçu lors des événements de Hauteville, mais la haine qui pousse les hommes à s'affronter et à se détruire a fini de me faire douter. Je me suis senti responsable, moi aussi, d'avoir causé la mort d'innocents. Pour cette raison, je ne peux plus être prêtre.

Après ce récit, personne autour de la table ne se sentit l'envie de parler. Tous gardaient le silence. Henriette paraissait émue. Elle se leva et disparut un instant pendant qu'Antoine poursuivait :

— Mais je crois que Hauteville a eu aussi son compte d'horreurs pendant toutes ces années…

— En effet. Il s'en est passé des choses pendant votre absence, dit le notaire.

— Oui, et des choses peu glorieuses, ajouta Lemevel, soudain sorti de sa léthargie.

Henriette revint s'asseoir à la table à côté de Marguerite. Tous la regardèrent avec tristesse. Marguerite Lenain dut essuyer les larmes que le souvenir de ces moments pénibles faisait couler de ses yeux fatigués.

— C'est à moi de vous écouter maintenant, dit Antoine.

Grand silence ! Ferchaud se renfonça sur son siège.

— À quoi bon remuer tout ça, s'agaça ce dernier. Ce qui est fait est fait.

— Précisément ! Je souhaite que ce qui a été fait ne se reproduise jamais.

— Vous ne connaissez sans doute pas l'histoire de la famille Blanc, lança le maire.

— Non, c'est vrai. Je vous écoute.

Ferchaud commença son récit après avoir fini son café.

6

Pierre et Louise Blanc étaient honorablement connus à Hauteville. Pierre exploitait la ferme dont il avait hérité de ses parents. Il élevait un cheptel de vaches laitières et cultivait aussi des céréales ainsi que des fruits et des légumes. Le village appréciait les productions de ce paysan sérieux et travailleur. Sa femme Louise était la collaboratrice fidèle de Ferchaud. Elle assurait le secrétariat de la mairie depuis de longues années et connaissait tous les habitants. Les Blanc avaient deux enfants : Delphine, l'aînée de 19 ans, une jolie fille blonde et timide, et André, son cadet d'un an, un jeune homme solide qui aidait son père dans les travaux des champs. Le jeune garçon était un ami des fils Lenain et Ferchaud.

L'arrivée des Allemands en 1940 créa de nouveaux besoins. Il fallait bien nourrir tous ces militaires. Pierre, contraint par la Kommandantur, dut assurer leur approvisionnement. Tous les matins, un soldat venait chercher du lait muni de plusieurs timbales métalliques que Delphine remplissait. Le plus souvent, Pierre ou André étaient présents quand le soldat venait frapper à la porte de la ferme.

Un jour, Delphine se trouva seule. Les hommes étaient partis travailler dès l'aube aux champs, et sa mère, comme chaque jour, l'avait embrassée avant de prendre son poste à la mairie. Comme il en avait pris l'habitude, le soldat allemand vint chercher le lait. Dans un français maladroit, il engagea la conversation avec la jeune fille qui lui répondit aimablement comme elle le faisait tous les jours. Mais ce jour-là, ses propos prirent une tournure différente. Convaincu qu'elle était seule à la ferme, il s'approcha de la petite et l'enlaça en essayant de l'embrasser. Personne n'entendit ses cris désespérés.

Quand Pierre rentra à la ferme, il trouva sa fille, prostrée dans sa chambre, les vêtements déchirés, avec des traces de sang sur sa robe. En un éclair, il comprit la situation et, furieux, demanda à sa fille qui avait commis un tel acte. Entre deux sanglots, Delphine parvint à lui donner l'identité de son violeur. Fou de rage, Pierre s'apprêtait à se rendre dans le dépôt où logeait la plus grande partie du contingent allemand. Heureusement, Louise arriva. Elle calma son mari. Tuer un soldat allemand, même coupable d'un acte aussi odieux, pourrait exposer la population à de nouvelles représailles. Ici, tous avaient en mémoire l'exécution des quinze otages sur la Colline aux Biches deux ans plus tôt. En pleurs, Louise décida d'aviser le major Keller de ce crime.

Keller reçut Louise sans tarder. Il réagit immédiatement en ordonnant à un officier de rassembler tous les hommes hébergés dans l'entrepôt. Quand il arriva sur les lieux, accompagné de la famille de Delphine, les soldats se mirent au garde-à-vous. Il demanda ensuite à Blanc de désigner le coupable. Pierre n'eut aucun mal à reconnaître le violeur, car, depuis des mois, c'était le même homme qui venait chaque matin à la ferme. Keller désigna le soldat et lui ordonna de s'avancer. Ils parlèrent quelques instants. Le major semblait furieux et le soldat finit par avouer sa faute.

Keller lui commanda de se mettre à genoux et d'enlever son casque. Le soldat obéit. Keller se plaça derrière l'homme agenouillé. Il sortit son revolver de son étui, le pointa sur la nuque du violeur et tira sans une hésitation. L'homme tomba lourdement, le visage éclaté, souillant la terre de son sang.

Keller rangea calmement son arme sous les regards ahuris de ses hommes. Sans dire un mot, il salua les parents de la malheureuse et reprit le chemin de la Kommandantur. Le fermier n'en crut pas ses yeux. Il resta un moment debout avec sa femme devant le cadavre en uniforme. Un des officiers donna l'ordre d'ôter le corps du passage et d'aller l'enterrer. Quatre volontaires s'en chargèrent, jetant des regards de haine en direction des Blanc.

Louise serra son mari dans ses bras et se mit à pleurer en silence, cachant son visage dans son épaule. La scène l'avait profondément choquée, aussi demanda-t-elle à rentrer pour s'occuper de Delphine.

Dans les jours qui suivirent, la jeune fille changea et devint triste et sauvage. Elle refusa de donner le lait aux

Allemands le matin. À partir de ce jour, son frère s'en chargea. Elle restait le plus souvent enfermée dans sa chambre. Le docteur Langeard vint la voir très souvent dans les premiers temps, craignant une phase dépressive dangereuse. Elle se sentait salie, humiliée. Parfois, il lui arrivait de prendre plusieurs bains dans la journée comme pour laver son corps de l'horreur.

Le mois suivant, le docteur examina la jeune fille comme il le faisait habituellement. Or, cette fois, il sortit de sa chambre avec un air soucieux.

— Alors, docteur, comment va-t-elle aujourd'hui ? demanda Louise.

Le médecin s'assit à la grande table en chêne pour y remplir quelques papiers. Sans lever la tête, il répondit avec gravité :

— La petite est enceinte, je le crains.

Louise porta instinctivement les mains à son visage.

— Seigneur ! dit-elle. Il ne manquait plus que ça. Vous lui avez dit ?

— Non, pas encore. Attendons quelques jours pour avoir confirmation. Surveillez-la et n'hésitez pas à m'appeler si besoin !

Le docteur Langeard se leva, embrassa Louise et sortit pour continuer sa tournée. Pour lui, il n'y avait aucun doute. Delphine attendait un enfant de ce soldat allemand. Il la connaissait suffisamment pour pouvoir affirmer que la jeune fille était vierge au moment de son agression.

La grossesse de Delphine fut confirmée, provoquant chez la malheureuse une détresse absolue. Son équilibre mental souciait son entourage. Les Blanc s'arrangeaient chaque jour pour ne pas la laisser seule. Quand André ne pouvait être présent à la ferme, Louise sollicitait Monique, une voisine. Cette dernière habitait non loin de la ferme. Or, un matin, elle ne put se lever, clouée au lit par une méchante grippe. Elle fit prévenir Pierre, qui travaillait avec son fils dans une parcelle de céréales. Pierre demanda à André de rentrer à la ferme afin de s'assurer que tout allait bien en attendant le retour de Louise. Le garçon se mit en route aussitôt, traversant à pied une partie du village.

Quelle ne fut pas sa surprise en découvrant que la porte d'entrée n'était pas verrouillée comme Delphine avait pris l'habitude de le faire ! Il entra, appela plusieurs fois. Aucune réponse ! Subitement inquiet, il monta à l'étage, pensant que sa sœur s'était probablement endormie. À son grand étonnement, la chambre était vide. Cette fois, une vive angoisse s'empara de lui. Il fouilla chaque pièce en criant le nom de Delphine. Personne ne répondit. « Elle est peut-être dehors ! » pensa-t-il. Mais ses recherches furent vaines. Personne au poulailler ! Personne au premier hangar où s'alignaient les bidons de lait ! Il entra dans le second hangar où était stocké le matériel agricole. D'abord, il ne vit rien. Tout semblait en ordre. Les socs de charrue étaient alignés contre une des parois, le plateau servant à transporter le foin occupait tout un angle. André s'apprêtait à sortir quand, machinalement, il leva les yeux. Un cri d'horreur jaillit de sa bouche tandis que ses jambes se dérobaient sous lui. Il tomba à genoux, le visage levé vers les poutres de chêne qui soutenaient la toiture du hangar. Delphine était là, immobile, le cou entouré d'une corde attachée à l'une des poutres, la tête inclinée sur le côté, les pieds dans le vide. Elle portait une robe blanche. André cria de toutes ses forces pour demander de l'aide. Paralysé de douleur et d'émotion, il ne trouva pas la force de décrocher le corps sans vie de sa sœur. Alertée par ses hurlements, Monique accourut malgré la fièvre qui l'avait clouée au lit et se chargea de prévenir tout le monde. Pierre arriva peu de temps après, puis Louise. Tout le village finit par se réunir à la ferme des Blanc.

— C'était un bien triste spectacle, dit Ferchaud avec amertume. Vous la connaissiez bien, la petite Delphine, ses parents ne méritaient pas ça.

— Non, ajouta Marguerite, cette famille ne méritait pas un tel malheur. La mienne non plus. Mais ça n'a pas été le seul malheur de cette famille. Après avoir perdu sa fille, Louise est tombée gravement malade, la pauvre, et puis il y a eu les événements de mai 1944. Rien ne nous aura été épargné, ni à elle ni à moi.

Antoine et les invités de Mme Lenain hochèrent la tête. Oui, tous connaissaient bien la pauvre jeune fille qui avait préféré mettre fin à ses jours plutôt que de subir le déshonneur, la honte d'une maternité non désirée. Antoine confirma qu'elle était une enfant douce et fragile à la fois. Le récit du maire l'attrista au plus haut point.

Ferchaud poursuivit son récit. Le suicide de la pauvre Delphine entraîna inévitablement une conséquence immédiate sur la famille Blanc. Fou de chagrin, Pierre se rapprocha d'un groupe de résistants et y entraîna son fils André, malgré sa peur de perdre son deuxième enfant. Pierre s'arrangea toujours pour tenir André à l'écart des actions violentes que le groupe envisageait de mener contre l'occupant allemand. Appartenaient aussi à cette cellule les Lenain, père et fils. Selon le maire, ce fut Fernand Lenain qui recruta les Blanc. Ferchaud insista aussi, non sans fierté, sur l'appartenance de son propre fils à cette organisation de combattants de l'ombre. Des réunions secrètes avaient lieu régulièrement dans des endroits chaque fois différents. Un projet de sabotage de la voie ferrée fut élaboré deux ans après le décès en avril 1942 de Marcel Hutin, le père d'Henriette, en prévision d'un débarquement des forces alliées dont la date restait inconnue.

Henriette baissa les yeux tristement. Elle se souvenait parfaitement de cette morne journée d'avril 1942. En venant de l'école où elle habitait et remplaçait M. Weil, elle découvrit son père allongé dans son lit, paisible comme s'il dormait. Elle comprit très vite qu'il ne se réveillerait plus jamais. Ce jour-là, elle pleura toutes les larmes de son corps. Le docteur Langeard vint constater le décès du chef de gare. Adrien Lenain accourut pour soutenir Henriette. Les deux jeunes gens s'aimaient depuis plusieurs mois. Le fils de Fernand et Marguerite voulait demander à M. Hutin la main de sa fille. Il n'en a pas eu le temps et en connut un grand sentiment de tristesse, car il savait à quel point

Henriette accordait d'importance à la bénédiction paternelle. M. Hutin avait une grande sympathie pour ce jeune homme sérieux et dévoué. Il avait même confié à Ferchaud qu'il voyait l'éventuelle union de sa fille avec ce garçon d'un très bon œil.

Henriette se souvint aussi très bien de la visite inattendue d'Augustin Ferchaud après l'enterrement de son père. Augustin, contre toute attente, lui avait déclaré son amour, bien qu'il ait connu les liens qui unissaient Henriette à son ami Adrien. Il déclara être amoureux d'elle depuis toujours, depuis leur enfance à Hauteville. Troublée par ces sentiments insoupçonnés, Henriette lui avait fait comprendre avec beaucoup de tact qu'elle ne pouvait appartenir qu'à Adrien, que c'était avec lui qu'elle souhaitait se marier. Le fils du maire avait accusé le coup. Maladroitement, il essaya cependant d'enlacer Henriette pour l'embrasser dans la salle de classe, mais elle le repoussa sans brutalité en l'invitant à se calmer. Elle ne pouvait aimer qu'un seul homme. Un jour, il trouverait lui aussi une femme qui l'aimerait comme elle-même aimait Adrien. Augustin tourna les talons et sortit de l'école, la tête basse, sous le regard ennuyé de la jeune femme.

Les relations entre Augustin et Adrien changèrent à partir de ce moment-là. Adrien ne se doutait pas des sentiments de son ami pour Henriette et ne comprit pas le changement de son attitude à son égard. Malgré tout, les deux garçons continuaient de se voir pendant les réunions clandestines de leur réseau de résistants. Henriette ne parla jamais à Adrien de ce qu'elle considérait simplement comme un moment d'égarement. De son côté, Adrien ne dit jamais rien à Henriette de son activité secrète. C'était la meilleure façon de la protéger. Toutes les personnes qui auraient été informées, d'une façon ou d'une autre, d'actions que les Allemands qualifiaient de terroristes risquaient leur vie. À plus forte raison celles qui y participaient.

Toutefois, peu de temps après la déclaration d'amour faite par Augustin, un incident eut lieu, contrariant Henriette au plus haut point. Elle venait de fermer l'école en fin d'après-midi, libérant ainsi une horde de gamins bruyants dans les rues habituellement si calmes de Hauteville. Il lui fallait effectuer quelques courses chez les commerçants du bourg. Pour se rendre chez Roland, le boulanger, elle devait traverser la grand-place et passer devant le café *À la Grâce de Dieu* situé non loin de l'église. Elle n'était pas du genre à entrer seule dans un café, mais ce soir-là, elle vit arriver précipitamment Perrin, le garde champêtre qui se dirigeait à grands pas vers le café. Perrin l'appela et lui fit signe de le suivre. À peine entrée dans le café à l'odeur anisée, Henriette entendit des éclats de voix. Perrin s'interposa entre deux hommes qui en étaient venus aux mains. Elle reconnut aussitôt Adrien et Augustin. Perrin réussit à séparer les deux jeunes hommes, les invitant fermement à se calmer. Ils se regardèrent un long moment avec agressivité, puis s'éloignèrent l'un de l'autre en proférant des insultes. Adrien aperçut Henriette et vint à ses côtés. Il la prit dans ses bras et l'embrassa. Que s'était-il passé entre les deux garçons ? Effrayée, Henriette voulut savoir la raison d'un tel affrontement. Adrien refusa d'en parler, mais Henriette eut la certitude d'avoir été au centre d'une discussion houleuse. Augustin la regarda un instant alors qu'Adrien l'enlaçait. Il resta silencieux, baissa la tête et sortit lentement suivi par Perrin, qui ne cessait de le réprimander en lui faisant comprendre que les hommes du major Keller auraient sans doute été moins diplomates s'ils avaient reçu l'ordre d'intervenir. Henriette n'insista pas. Elle raccompagna Adrien chez lui afin de nettoyer une légère plaie qui saignait juste au-dessus de son œil.

— Oh ! Petite, vous rêvassez ? dit Ferchaud. Je vous sens ailleurs.

Henriette sursauta. Ferchaud lui avait posé une question qu'elle n'avait pas entendue, plongée qu'elle était dans le souvenir désagréable de ces journées qui suivirent la mort de son père. La mère Lenain répéta la question du maire :

— M. le maire te demande si tu avais soupçonné l'activité de résistants des jeunes du village.

Non, elle n'avait jamais rien su de tout cela. Jamais Adrien, André ou même Augustin n'avaient fait la moindre allusion à leur combat contre l'envahisseur germanique.

Ferchaud eut l'air satisfait. Pour lui, ces gamins étaient des héros. Il n'osa pas avouer qu'il aurait été ravi de voir s'unir son fils à la jeune institutrice, par respect, sans doute, envers le malheureux Adrien. La mère Lenain prit le relais de Ferchaud pour expliquer à Antoine la suite de l'histoire de la commune. Au cours des événements de 1944, la propriétaire de l'hôtel avait tout perdu. Son visage se rida alors d'une tristesse qui émut toutes les personnes réunies autour de sa table. Henriette reversa du café dans les tasses.

— Allez-y, madame Lenain, dit Antoine, racontez-moi ça, s'il vous plaît !

La vieille femme essuya d'un geste rapide une larme qui commençait à glisser de ses yeux fatigués.

— On t'écoute, Marguerite, dit Heulin.

Elle s'éclaircit la voix et commença à parler faiblement, submergée par une émotion douloureuse.

7

Le printemps s'était bien installé en cette première semaine de juin 1944. Même si les habitants de Hauteville se montraient calmes et craintifs vis-à-vis des envahisseurs allemands, la plupart supportaient mal leur omniprésence et les contraintes quotidiennes qu'ils imposaient. Fernand Lenain appartenait à ce groupe d'action clandestin auquel il fournissait de précieux renseignements. Son hôtel n'hébergeait-il pas tous les officiers allemands ? La discrétion de l'hôtelier avait fini par le rendre quasiment inexistant aux yeux de Keller, qui ne voyait en lui qu'un humble serviteur. C'était du moins ce que l'hôtelier espérait. Sa discrétion n'éveillait aucun soupçon de la part de ces hôtes encombrants et il avait bien l'intention d'en profiter.

Lors d'un dîner qui regroupait les officiers les plus importants ainsi que deux membres de la Gestapo fraîchement arrivés de Caen, Fernand, qui parlait à peu près allemand sans en avoir jamais fait état, entendit quelques échanges qui retinrent son attention. L'un des hommes de la Gestapo désignant l'hôtelier qui servait le repas fit comprendre d'un geste à Keller qu'il était peut-être plus prudent de ne pas parler devant lui. Fernand fit semblant de ne pas comprendre en continuant son service. Le policier allemand fut rassuré quand Keller lui certifia que personne dans cette maison ne parlait ou ne comprenait leur langue. La discussion se poursuivit alors. Fernand comprit qu'un convoi d'armes lourdes devait transiter par la gare de Hauteville. Ce matériel était destiné à renforcer les postes avancés qui bordaient la Manche en prévision d'une éventuelle offensive alliée. Keller ne croyait pas à l'hypothèse d'un débarquement en Normandie. L'état-major d'Hitler non plus, d'ailleurs, mais il n'était pas inutile de montrer la puissance de l'armée allemande, ne serait-ce que pour dissuader l'ennemi d'agir ici ou ailleurs. En réalité, la plupart des moyens avaient été concentrés pour la plus grande partie dans le nord du pays, car c'était là que les Allemands redoutaient une action lourde des alliés.

Lenain recueillit non seulement la date, mais aussi l'heure de passage du train. Après avoir servi l'un des plats, il revint en cuisine où travaillait son fils. En quelques mots rapides, il l'informa de ce convoi d'armes, le chargeant d'en informer immédiatement le chef de leur réseau. Adrien demanda la visite du docteur Langeard, prétextant quelques maux de ventre douloureux. Le docteur accourut à l'hôtel, salua au passage les Allemands et monta directement à l'étage où l'attendait Adrien.

— Votre femme est malade, monsieur Lenain ? demanda Keller.

— Ma femme non, il s'agit de mon fils, répondit Fernand sans arrêter de servir le repas. Rien de grave, je pense.

Keller hocha la tête, puis reprit sa discussion avec les autres sans plus se soucier de Fernand. Quand il le vit repasser, Keller salua respectueusement le docteur Langeard. Le médecin lui souhaita une bonne soirée et disparut en hâte.

Le lendemain, une réunion discrète se tint dans un vieux hangar agricole situé à quelques kilomètres de Hauteville. Un homme vêtu d'un imperméable et d'un chapeau se tenait debout devant une dizaine d'hommes rassemblés autour d'une table et faisait glisser son doigt sur une carte étalée devant lui. Le réseau Viking était au grand complet. Le chef du réseau se faisait appeler Max, mais personne ne connaissait sa véritable identité. C'était un homme de grande taille à la voix basse et qui portait toujours un masque. Une chose était probable aux yeux de tous : ce n'était pas un habitant de Hauteville, comme le pensait la majorité des membres du réseau. Fernand Lenain agissait sous ses ordres et était *a priori* le seul à connaître l'identité véritable du chef de la Résistance. Même le docteur Langeard qui servait de messager n'en savait rien lui-même. La seule chose qu'il connaissait était l'endroit où laisser les informations codées remises par Fernand. Le renforcement de la défense allemande, selon ce dernier, pouvait nuire au projet de grande envergure que préparaient les alliés. Tous les réseaux de la Résistance étaient en alerte maximum. Max n'en dit pas plus, mais tous comprirent que quelque chose d'important se préparait. Les Allemands eux-mêmes devaient probablement s'en douter, ce qui pouvait expliquer leur nervosité et cette concentration inhabituelle de moyens sur les côtes de la Manche.

La réunion fut rapide. Max avait donné ses consignes. Adrien et Fernand Lenain en avaient pris bonne note. Ils étaient prêts à passer à l'action. Pierre Blanc se réjouissait déjà de venger la mort de sa fille et des otages exécutés par Keller et ses sbires. Cependant, il avait volontairement omis d'avertir André afin de le protéger au cas où ça tournerait mal. Augustin, comme André, ne participa pas non plus à la réunion. Max préférait les dispenser tous les deux de cette action, car les garçons étaient jeunes et peu expérimentés. Cependant, ils restaient une précieuse source de renseignements en provenance de la mairie, et donc de la Kommandantur. Ça pouvait être utile. Le convoi arriverait en milieu d'après-midi. De toute évidence, la gare de Hauteville serait fortement gardée et son accès interdit à toute personne ne portant pas l'uniforme de la Wehrmacht. Le convoi arrivant de jour, on n'aurait pas à respecter le couvre-feu. C'était un risque de moins, mais, en contrepartie, il faudrait agir avec encore plus de prudence. Les résistants interviendraient en amont, à un endroit précis situé à plusieurs kilomètres de Hauteville. Max répartit les rôles, souhaita bonne chance à tous puis sortit pour s'engouffrer dans une voiture qui démarra aussitôt.

Le jour tant attendu arriva enfin. Fernand sentit une certaine nervosité de la part de ses hôtes. Une activité fébrile animait le village. Il y avait des soldats armés partout. Des ordres fusaient de tous les coins. Des dizaines de militaires convergeaient vers la gare. Fernand ne prit pas le temps d'aider sa femme à laver la vaisselle comme il le faisait d'habitude après un service avec Adrien. Les deux hommes sortirent et gagnèrent une vieille maison à l'écart du bourg où attendait Pierre. Dans le hangar jouxtant la maison en ruine, une voiture noire était prête à partir. Les trois hommes, après un serrement de mains fraternel, montèrent sans dire un mot dans le véhicule.

La route qui les menait au point prévu était un chemin de terre peu fréquenté. Ils n'eurent aucun mal à sortir de Hauteville, les Allemands étant trop préoccupés par un éventuel attentat dont la gare serait la cible. Pierre conduisait en silence. Adrien et son père regardaient défiler le paysage d'un air distrait. Ils passèrent tout près d'une autre voiture arrêtée sur le côté en bordure d'une forêt. Le conducteur leur fit un signe de la main, auquel Pierre répondit. Dès qu'ils eurent dépassé la voiture, celle-ci démarra et se mit à les suivre à bonne distance.

Les deux voitures disparurent dans un petit chemin forestier aux ornières profondes. Max attendait au point de rendez-vous. Il était seul, vêtu d'un long manteau sombre et de son éternel masque. Sa voiture était dissimulée plus loin. Sur les sept hommes qui sortirent prudemment des véhicules, quatre retirèrent des malles divers matériels, des explosifs, des câbles de couleur, des détonateurs, mais aussi quelques outils. Les autres se séparèrent pour gagner des points stratégiques où ils pourraient faire le guet, non seulement pour annoncer l'arrivée du train, mais aussi pour signaler tout mouvement suspect pouvant compromettre l'opération de sabotage. Adrien faisait partie des guetteurs équipés de fusils et de jumelles.

Pierre, Fernand et un camarade descendirent vers la voie ferrée, transportant leur matériel. La voie était entourée par la forêt. Le lieu choisi par Max était une courbe assez prononcée. Max arriva quelques instants plus tard et rejoignit les artificiers, donnant quelques instructions sur la position des charges. Il parlait à voix basse. Les autres travaillaient en silence avec des gestes nerveux qui trahissaient de la part de ces résistants une réelle anxiété.

L'heure approchait. Selon les calculs de Max, le convoi ne devait plus être très loin. Tout le dispositif était en place, Pierre avait connecté les deux détonateurs aux charges d'explosifs par les câbles que les herbes dissimulaient. Fernand posa son oreille sur l'un des rails et écouta pendant de longues minutes. Le convoi aurait-il du retard ? Cela ne ressemblait pas à la proverbiale ponctualité germanique. Max se frottait les mains nerveusement. Il avait regagné le couvert du sous-bois et attendait aux côtés de Pierre un signe de Fernand.

Soudain, Fernand se leva et courut rejoindre ses deux amis à l'abri des arbres. Le convoi arrivait. Adrien et un autre guetteur surgirent à leur tour, confirmant avoir vu le train à partir de l'endroit qu'ils occupaient et qui dominait la vallée où serpentait la voie ferrée. Pierre et Fernand posèrent les mains sur la poignée des détonateurs, prêts à les enfoncer, déclenchant ainsi une formidable explosion à laquelle succéderait un déraillement impressionnant face à eux dans la courbe extérieure.

Un lourd silence se fit. Les deux guetteurs vinrent rejoindre le groupe à leur tour et s'enfoncèrent dans la forêt pour surveiller les voitures et être prêts à démarrer immédiatement en cas d'urgence, après avoir récupéré leurs camarades. Un vague grondement commença à se faire entendre, puis des grincements, des bruits sourds. Le train arrivait. Personne ne remarqua d'autres bruits qui provenaient de la forêt. Un coup de feu fut tiré. Max se retourna, inquiet. Puis des rafales de mitrailleuses se firent entendre.

— Les boches, cria Max. Faites sauter la voie et tirons-nous !

Pierre et Fernand activèrent en même temps les détonateurs, causant une formidable déflagration qui détruisit les rails, puis ils coururent avec tous les autres vers les deux voitures. Ils furent accueillis par des mitrailleuses et tombèrent sous leurs balles, la poitrine couverte d'étoiles rouges. Fernand et Pierre n'eurent pas le temps d'atteindre la voiture. Ils succombèrent au pied des premiers arbres. Au volant des deux Citroën, les guetteurs étaient morts. Ils avaient sans doute été surpris par l'attaque des Allemands et ne purent ni riposter ni alerter leurs amis. Seule la voiture de Max, qui n'était pas rangée avec les deux autres, échappa aux balles allemandes. Le résistant avait choisi de la laisser à l'écart par précaution. Bien lui en prit, car son corps fut le seul que les Allemands ne retrouvèrent pas. Le train, quant à lui, arrêta sa course bien avant la courbe où la voie avait été détruite par les résistants. Peu de temps après, des dizaines de soldats et de prisonniers français arrivèrent et se mirent au travail pour réparer les dégâts causés par les explosions. Au bout de quelques heures seulement d'un travail acharné, le convoi put reprendre sa route à destination de la gare de Hauteville, dont les quais étaient surveillés par des soldats en armes placés tous les dix mètres. Rien désormais ne pouvait plus empêcher le train de passer. L'action entreprise par le réseau Viking avait échoué. La Résistance avait perdu quelques-uns de ses meilleurs combattants. Du temps serait nécessaire pour recréer une nouvelle équipe, mais Max, au volant de sa voiture, gardait confiance. Ce n'était pas la première fois qu'il voyait la mort de près. Il savait que sa propre vie ne tenait qu'à un fil et acceptait avec fatalisme ce risque ultime, ce don de lui-même pour une cause qu'il savait juste. Tout en conduisant, il eut une pensée triste pour les hommes qui venaient de perdre la vie ce jour-là, mais ce qu'il redoutait le plus désormais, c'était la réaction des Allemands. Il craignait des représailles sanglantes sur la population du village déjà traumatisée par le drame de la Colline aux Biches.

Max voyait juste. Les corps des résistants tués furent ramenés au village dans des camions bâchés. Marguerite Lenain découvrit avec horreur et douleur les corps de Fernand et de son fils. Louise Blanc et André pleurèrent sur la dépouille de Pierre. Bien évidemment, les membres des deux familles furent immédiatement conduits à la Kommandantur où ils furent enfermés dans l'attente de leur interrogatoire par la Gestapo. Les Allemands constatèrent aisément qu'aucun membre de ce qui restait des deux familles ne semblait au courant des agissements de leurs proches. La Gestapo n'en crut évidemment rien et il fut décidé de les enfermer dans la salle du sous-sol de la mairie. Louise et Marguerite, assises sur des chaises, les mains liées, eurent la surprise de voir entrer des soldats poussant devant eux, mains entravées dans le dos, la jeune institutrice du village. Elles n'eurent pas le temps de lui parler que, déjà, Henriette se trouva debout et hébétée dans cette salle obscure du bâtiment municipal…

Marguerite arrêta là son récit. Le souvenir de cette terrible journée lui faisait monter les larmes aux yeux. Tous tournèrent leurs regards vers Henriette, qui baissait la tête en tenant dans ses mains sa tasse de café fumant. Elle comprit qu'ils attendaient la suite de l'histoire. Antoine posa sa main sur son bras comme pour l'encourager.

— On comprendrait que vous ne vouliez pas en parler, lui dit-il avec douceur.

Elle essuya ses yeux et commença à raconter d'une voix basse tremblante d'émotion ce qu'elle avait vécu dans les sous-sols de la kommandantur.

Les soldats la poussèrent sans ménagement dans un des coins de la petite salle où se déroulaient les interrogatoires. Les deux hommes de la Gestapo étaient là qui l'attendaient. Elle fut jetée brutalement sur une chaise et s'y retrouva pieds et poings liés. Son visage exprimait terreur et incompréhension. Keller entra dans la pièce et constata avec satisfaction que ses ordres avaient été correctement exécutés. Henriette se mit à pleurer, demandant pourquoi les soldats étaient venus l'arrêter alors qu'elle était en classe. Que lui reprochait-on ? Keller prit la parole pour expliquer que l'attentat terroriste contre le train avait été organisé par le fameux réseau Viking auquel appartenaient plusieurs hommes de Hauteville. « Parmi lesquels les époux de ces dames », ajouta-t-il en regardant avec sévérité du côté de Louise et Marguerite, muettes de peur. Heureusement, un informateur avait permis de déjouer les plans de la Résistance. Une bonne partie du réseau a été décimée.

— Toutefois, le cerveau, le chef du réseau, a échappé de justesse à nos mitrailleuses. Vous connaissiez, je crois, un certain Adrien Lenain, il me semble, dit Keller avec une lenteur calculée.

Henriette éclata en sanglots. Elle venait de comprendre qu'Adrien figurait parmi les victimes.

— Vous connaissiez cet Adrien, mademoiselle ? insista Keller.

Henriette hocha la tête, incapable de prononcer le moindre mot.

— Je n'en doutais pas. C'était votre fiancé, n'est-ce pas ?

Nouveau hochement de tête. Keller sourit d'un air satisfait.

— Le problème, c'est que vous ne pouvez prétendre ne pas être au courant de l'activité de ce terroriste.

Henriette leva les yeux avec une expression de stupeur.

— J'ignorais tout de ce qu'Adrien faisait en dehors de son travail à l'hôtel. Je vous assure.

Keller haussa le ton. Il ordonna à Henriette de ne pas mentir, affirmant savoir qu'elle était la coordonnatrice du réseau Viking.

— Mais c'est faux, protesta-t-elle. Je ne connais l'identité d'aucun des membres de cette organisation.

— Mais si, mademoiselle, vous les connaissez tous très bien, au contraire, et en particulier le fameux Max, votre chef direct. Qui est ce Max et comment le contactez-vous ? lança Keller d'une voix menaçante en se penchant tout près du visage de la jeune femme.

— Je ne connais pas ce Max, je vous le jure, répondit Henriette entre deux sanglots.

Keller se redressa lentement.

— Très bien ! Nos informations sont pourtant précises. Puisque vous ne voulez pas admettre la vérité, je vais devoir vous confier à ces messieurs.

Les deux hommes de la Gestapo s'avancèrent vers Henriette pendant que Keller se dirigeait vers la porte. Henriette était paralysée de peur. À peine eut-il refermé la porte derrière lui que Keller entendit les premiers cris de douleur de la jeune institutrice. Il soupira et regagna son bureau.

8

Henriette passa des heures horribles à subir d'ignobles tortures sous les regards impuissants de Louise et Marguerite qui devaient souffrir tout autant qu'elle. Quand elle perdait connaissance sous les coups de ses tortionnaires, on la laissait attachée sur sa chaise jusqu'au moment où elle reprenait ses esprits. Alors, le cauchemar recommençait avec toujours les mêmes questions : « Qui est Max ? », « Où le contactez-vous et comment ? » Son visage était bleu, des filets de sang coulaient de ses arcades sourcilières. Des hématomes noirs entouraient ses yeux. Sa robe fleurie avait été arrachée et des brûlures de cigarettes couvraient ses seins nus. Les liens qui la maintenaient sur la chaise lui blessaient chevilles et poignets.

Pendant de rares moments de répit, elle tentait de mettre de l'ordre dans ses pensées même si, le plus souvent, elle souhaitait en finir. La mort lui paraissait plus supportable que la torture. Quelqu'un l'avait dénoncée, elle en avait la certitude, mais pourquoi ?

Jamais elle n'avait eu le moindre contact avec la Résistance. Quant à Adrien, en bon combattant de l'ombre qu'il était, il n'avait jamais fait la moindre allusion à son activité secrète, précisément pour la préserver de la brutalité des policiers allemands.

Les deux bourreaux s'étaient accordé une pause, laissant les trois femmes seules dans la pièce à l'odeur de peur. Henriette était quasiment inconsciente. Elle ne répondait pas aux paroles affolées des deux autres femmes à qui un sort identique serait sans doute réservé quand la Gestapo en aura fini avec l'institutrice.

Les deux tortionnaires revinrent quelques minutes plus tard. Henriette était nue sur sa chaise, les cuisses largement écartées. Elle avait senti avec horreur le canon froid d'un revolver qu'un des hommes introduisait dans son vagin. Les Allemands parlèrent ensemble pendant un moment et se mirent à rire. L'un d'eux détacha Henriette de sa chaise et la plaça devant la table. Puis il la poussa violemment vers l'avant, lui écarta les bras en V et lui attacha les poignets à chacun des deux angles de la table. Hilare, il se positionna derrière Henriette, offerte et sans possibilité de se défendre. D'une main, il déboucla la ceinture de son pantalon et le baissa. Louise et Marguerite comprirent alors quelles étaient les intentions des deux hommes. Marguerite cria « Non ! non ! Laissez-la ! » Le deuxième policier la gifla lourdement et lui ordonna de se taire. Pendant ce temps, l'autre s'approchait pour violer Henriette.

Soudain, la porte s'ouvrit brutalement. Keller apparut fortement énervé. Il marqua un temps d'arrêt quand il découvrit la scène, puis il parla rapidement avec les deux hommes. Le premier remonta vivement son pantalon et s'approcha de Keller, l'air visiblement inquiet. Des bruits de galop se firent entendre à l'extérieur et au-dessus de leur tête. Quelque chose se passait. Une agitation anormale faisait résonner tout l'immeuble de bruits de bottes. Ça courait dans tous les sens. Des moteurs ronflaient sur la place. Keller sortit précipitamment et fut suivi aussitôt des deux agents de la Gestapo qui saisirent leurs vestes et quittèrent les lieux, le visage soucieux.

Louise et Marguerite ne comprenaient pas la raison de cette soudaine frénésie. Seuls les préoccupaient l'état physique et la détresse morale de Henriette qui avait perdu connaissance, le buste allongé sur la table où elle se trouvait toujours attachée. Louise donna un coup de coude à Marguerite. À la cavalcade succédait un relatif silence. « Écoutez ! dit-elle. On dirait des coups de feu. » Elle avait raison. Le bruit des rafales se rapprochait. Bientôt, on entendit des éclats de voix. Des hommes arrivaient non loin de la mairie. De nouveau, des bruits de course se firent entendre à l'intérieur du bâtiment. Marguerite et Louise hésitèrent à crier, ne sachant pas qui étaient les auteurs de ces troubles. Henriette gémissait. La porte s'ouvrit d'un coup violent qui les fit sursauter de frayeur. Trois hommes armés s'engouffrèrent dans la pièce, mitrailleuses au flanc. Ils comprirent très vite la situation. André était l'un de ces hommes et il reconnut aussitôt sa mère et les deux autres femmes.

Découvrant Henriette, il poussa un cri d'horreur. Un homme de grande taille entra à son tour.

— Ne craignez rien, mesdames ! Nous venons vous délivrer. Appelez le docteur Langeard et détachez cette pauvre fille !

Les hommes s'exécutèrent aussitôt. Avec d'infinies précautions, ils dénouèrent les liens qui maintenaient Henriette et l'allongèrent doucement sur le sol. Celui qui semblait être le chef donna son manteau pour couvrir la nudité d'Henriette. Peu après, le docteur Langeard arriva, sa sacoche à la main. Le spectacle qui s'offrait à ses yeux le consterna.

— Pauvre petite ! dit-il dans un soupir de désolation. Qu'ont-ils fait d'elle ?

Il interrogea rapidement les deux autres femmes qui lui demandèrent de s'occuper en priorité d'Henriette, comme elles n'avaient encore subi aucune torture. Pendant que le docteur prodiguait les premiers soins à Henriette, le chef continuait à donner des ordres. André prit sa mère dans ses bras, soulagé de la retrouver vivante. Lui aussi avait été arrêté par les Allemands, ainsi qu'Augustin Ferchaud. Ils avaient été gardés en détention dans une salle voisine. Augustin avait été appelé par un soldat qui lui avait demandé de le suivre, mais il n'est pas revenu. André avait été le premier délivré par la Résistance. Il avait rencontré Augustin peu après sain et sauf. Les

Allemands avaient reçu l'ordre de quitter en catastrophe le village pour aller renforcer leurs lignes sur la côte. C'était le 6 juin. Les alliés avaient débarqué, surprenant ainsi la défense ennemie.

Le docteur Langeard fit apporter un brancard pour transporter Henriette à son cabinet. Une femme du village, sur sa demande, avait apporté une couverture pour en recouvrir le corps de la jeune fille. Deux hommes la transportèrent, suivis du médecin qui ne lâchait pas son poignet afin de s'assurer de son pouls. Le docteur dit aux deux brancardiers avec une forte colère dans la voix :

— J'espère que Max aura la peau de ces salauds.

En quittant le village, les Allemands laissèrent tout en l'état. Les hommes de Max décrochèrent les banderoles nazies qui ornaient la façade de la mairie et ils y mirent le feu, jetant ensuite dans le brasier pêle-mêle le portrait du Führer, le panneau sur lequel était inscrit le mot « Kommandantur » et une multitude de dossiers. Revenu en urgence de sa ferme, Ferchaud ne cacha pas sa joie en voyant s'élever les flammes sur la place.

Les résistants poursuivirent les Allemands et leur infligèrent des pertes, insuffisantes, cependant, pour stopper leur progression vers le nord. Les habitants de Hauteville se retrouvèrent sur la place autour du feu où ils s'embrassaient tous, ivres de joie, après avoir compris que les alliés avaient débarqué sur les plages normandes. Des milliers d'hommes de tous les pays, des milliers d'avions, de bateaux, de chars, affluaient pour les délivrer enfin de ces années de soumission. Les Allemands, qui n'avaient pas cru à un débarquement en Normandie, mais plutôt dans le nord du pays, se défendirent avec acharnement. Quelques jours plus tard, l'armée française renforcée de milliers de soldats venus d'Afrique débarquait à son tour en Provence.

Henriette et Marguerite se turent, en proie à une vive émotion. Le souvenir de cette journée ne leur avait pas laissé en mémoire que la joie de la délivrance. Pourtant, les deux femmes ainsi que Louise devaient probablement aux alliés et surtout aux résistants de n'avoir pas péri sous les coups des officiers de la Gestapo. Antoine regardait Henriette avec une réelle tristesse. Il comprenait enfin ce qu'elle avait voulu dire lors de leur première entrevue. Il n'avait aucune peine à imaginer la souffrance de la jeune institutrice, victime innocente de rumeurs infondées, d'une dénonciation lâche et incompréhensible. Henriette essuya ses larmes, mais ne fit plus aucun commentaire. Alors, Marguerite poursuivit d'une voix mal assurée.

Quelques jours plus tard, les corps des résistants tués ayant été ramenés au village, le père Raymondin – le prêtre qui remplaçait Antoine – procéda à leur inhumation dans le petit cimetière qui entourait l'église. Tous les habitants se trouvèrent ainsi réunis autour des pierres tombales de leurs héros « morts pour la France » selon la formule consacrée. Le maire fit un discours émouvant avant que chacun ne se retire dans un silence respectueux.

André Blanc soutenait sa mère habillée de noir. Ferchaud reconduisit Marguerite Lenain à son hôtel désormais totalement vide. Elle s'y enferma, refusant d'en sortir pendant plusieurs jours. Quant à Henriette, le docteur Langeard l'avait soignée presque tous les jours. Elle avait regagné son appartement de fonction et était restée couchée plusieurs semaines. Les coups reçus lui avaient brisé deux côtes et cela la faisait atrocement souffrir à chaque respiration. Les hématomes disparurent lentement, ainsi que les traces de brûlures. Ce qui ne pouvait s'effacer, c'était la douleur causée par la mort d'Adrien.

Ferchaud discuta longuement, remerciant Max d'avoir libéré sa commune bien que le chef de la Résistance ne fût pas présent à la cérémonie. Personne ne l'avait vu, en effet. Le maire expliqua que le chef du réseau Viking poursuivait probablement sa lutte contre les Allemands. Ainsi, grâce à l'action héroïque de ces combattants, pouvait-il récupérer son bureau et reprendre ses fonctions avec l'appui de Louise dès qu'elle serait remise du drame qu'elle venait de subir. Il serait toujours temps, après, de trouver la personne qui avait trahi le réseau en dénonçant la tentative de sabotage de la voie de chemin de fer, dénonciation à laquelle s'ajoutait celle – inexplicable – d'Henriette.

L'offensive des alliés s'enlisa pendant les premières semaines qui suivirent le débarquement. Un paysage de bocage et de haies ne favorisait pas une action motorisée d'envergure. Il fallut attendre fin août 1944 pour que les alliés prennent définitivement l'avantage sur la Wehrmacht. La bataille de Chambois fut décisive. C'est là que beaucoup de résistants perdirent la vie lors des affrontements qui eurent lieu non loin de Falaise. Une rumeur selon laquelle Max aurait été tué après une offensive menée conjointement avec les forces américaines circula alors, mais ne fut jamais confirmée.

— Voilà, mon p… je veux dire Antoine, ce que notre village et notre pauvre région ont subi pendant cette période détestable, termina Marguerite avec une profonde tristesse.

Un grand silence se fit dans la cuisine de l'hôtelière.

— Bah ! C'est une bien triste histoire, ajouta Ferchaud, mais c'est déjà le passé. Maintenant, il faut regarder en avant, pas vrai les amis ?

Personne ne répondit. Certes, le passé appartenait au passé, tout comme la souffrance, la douleur et les regrets qui en constituent la matière. Contrairement au maire de Hauteville, la plupart des habitants en gardaient d'ineffaçables cicatrices. C'était le cas pour Henriette, pour Marguerite et probablement pour Louise et André. Que dire aussi de la malheureuse Mme Weil et ses deux enfants dont on apprit l'arrestation et la déportation vers un de ces horribles camps d'extermination allemands ? Par miracle, ils avaient pu survivre, mais Mme Weil refusa toujours de revenir à Hauteville. Dans son esprit, le village tout entier était responsable de l'exécution de son mari et de quatorze autres innocents.

Les uns et les autres se levèrent et vinrent embrasser tour à tour la maîtresse de ces lieux. Le notaire remonta son col, Ferchaud remit son chapeau sur son crâne dégarni. Lemevel sortit le premier, happé par le froid mordant de cette journée de neige. Ils se séparèrent sous le gros chêne après avoir échangé de cordiales poignées de mains.

Antoine resta seul avec Henriette et Marguerite. Midi allait bientôt sonner au clocher de l'église et Marguerite se mit aux fourneaux pour préparer un repas à son locataire. Pendant qu'elle s'affairait en cuisine, retrouvant des gestes qu'elle avait commencé à oublier, Antoine proposa à Henriette de la raccompagner chez elle, car la neige avait atteint une épaisseur respectable et rendait la traversée de la place difficile. Henriette accepta volontiers. Marguerite lui suggéra de rester déjeuner avec Antoine et elle, mais elle déclina cette offre. L'évocation de ces périodes sombres l'avait fortement remuée et elle souhaitait rentrer chez elle. « Un autre jour, Marguerite, c'est promis », dit-elle en sortant, appuyée sur le bras d'Antoine.

— Et vous, lança-t-elle malicieuse à Antoine, ne traînez pas, si vous voulez manger chaud !

Antoine sourit. Juste le temps de traverser la place et il serait de retour. Par sa fenêtre, Marguerite regarda s'éloigner lentement les deux silhouettes sombres dans la blancheur éclatante du tapis neigeux.

Sur le seuil de sa porte, Henriette remercia Antoine. Ce dernier s'inquiéta des larmes qui avaient coulé sur le doux visage de l'institutrice, mais elle le rassura. Tout allait bien. Il devina la souffrance muette de la jeune femme que sa mémoire blessée laissait parfois remonter contre sa volonté.

— Qu'allez-vous faire, maintenant ? demanda-t-elle. Et pourquoi avoir renoncé à l'Église ?

— Je croyais vous l'avoir expliqué, lui répondit-il, étonné. Nous en reparlerons si vous le souhaitez, mais avant, je dois rentrer à l'hôtel.

Henriette hocha la tête. « Je serai là. », conclut-elle simplement. Puis elle disparut derrière la porte qu'elle referma doucement. Antoine retraversa la place et regagna l'hôtel où Marguerite l'attendait. Elle avait dressé une table avec deux couverts. La cuisine sentait bon le thym et le laurier. Antoine se découvrit une faim d'ogre.

La neige continuait de tomber et Antoine contemplait avec nostalgie la place du village de la fenêtre de sa chambre. De là, il voyait l'église. De nombreux souvenirs lui revinrent d'une période de sa vie heureuse et maintenant révolue. Il écrivit quelques lignes, des notes destinées à l'élaboration de ses futurs articles commandés par la rédaction du *Clairon*. En cette période hivernale, la nuit tomba rapidement. En levant les yeux vers la fenêtre, il remarqua que la porte de l'église était entrebâillée. Une faible lumière en sortait, vacillante comme celle d'un cierge. L'envie lui prit d'aller se recueillir quelques instants dans la demeure de son Dieu, celui qui avait protégé sa vie pendant toutes les missions aériennes qu'il dut remplir aux commandes d'avions de guerre. Il sortit de l'hôtel Lenain, traversa la place et vint pousser la porte de l'église. Un homme était agenouillé devant l'autel et priait. Quand il entendit les pas d'Antoine derrière lui, il se retourna et se releva péniblement. C'était un homme déjà âgé aux cheveux blancs encadrant un visage fatigué. Il s'avança vers Antoine, la main en avant.

— Bonsoir, mon fils. Je ne crois pas vous connaître.

Antoine sourit en serrant la main du prêtre. En effet, ils ne se connaissaient pas. Le père Raymondin venait du Sud, bien qu'il parlât sans l'accent coloré du midi. Antoine se présenta. Le curé fut étonné de voir enfin cet homme dont tous les habitants de Hauteville avaient regretté la disparition, craignant même pour sa vie. Les deux hommes s'assirent sur un des bancs de bois et discutèrent longuement, évoquant les épisodes plus ou moins heureux de la vie du village.

Soudain, pendant qu'ils discutaient paisiblement sous les regards bienveillants du Christ, une femme entra dans l'église, visiblement affolée. Elle vint directement vers le père Raymondin, implorant son aide pour son père qui était en train de mourir. Il était urgent de lui administrer les derniers sacrements. Le curé s'excusa et prit congé d'Antoine pour suivre la femme.

— Je vous laisse le soin de refermer l'église, dit le père Raymondin, prenez tout votre temps pour prier. Vous mettrez la clé dans la boîte du presbytère où je la récupérerai.

Antoine hocha la tête. Dès que le père Raymondin fut sorti, il se tourna vers l'autel et s'agenouilla en joignant ses mains et en baissant la tête humblement. Il récita mentalement des prières adressées à Dieu. Il sentit monter en lui, malgré le froid, une douce chaleur. Dans ce silence reposant, un bruit retint son attention. Quelqu'un venait d'entrer dans l'église. Une silhouette noire sans visage vint s'asseoir sur un des bancs les plus éloignés de celui qu'occupait Antoine. Quand il se retourna pour tenter de voir les traits de l'inconnu, ce dernier fit un mouvement brusque, comme s'il avait reconnu l'ancien prêtre. La silhouette s'agenouilla quelques instants puis, très vite, se releva, effectua un signe de croix et ressortit vivement de l'église.

Antoine se replongea dans ses prières. Quand il eut terminé sa conversation avec le Seigneur, il se leva à son tour et sortit avant de fermer à clé la lourde porte de l'église. Il contourna le monument et jeta la clé de fer dans la boîte aux lettres du presbytère. Il remarqua que la neige s'était arrêtée de tomber et entreprit de traverser la place en direction de l'hôtel. Les fenêtres de l'école étaient encore éclairées. Il hésita un instant, puis décida qu'il était temps de regagner sa chambre et de se coucher. Bientôt, il découvrirait enfin l'identité de ce mystérieux témoin.

Il eut du mal à trouver le sommeil. Ce n'était pas tant l'austérité de sa chambre aux tapisseries défraîchies que l'idée de reposer dans un lit où un officier allemand avait dormi qui le troublaient. Non ! C'était tout autre chose.

Ce rendez-vous occupait ses pensées, certes, mais ce n'était pas la seule raison. Comment pouvait-il expliquer son renoncement à l'Église, lui qui pensait posséder ce trésor inestimable qu'est la foi ? Sa rencontre avec le père Raymondin avait réveillé en lui cette force endormie, ce besoin de croire, ce besoin de Dieu. Il fut reconnaissant envers son successeur d'avoir eu la délicatesse de ne pas aborder les raisons de son départ. L'exécution des quinze otages que personne ne put et – pour une personne au moins – ne voulut empêcher l'avait fortement et durablement choqué. Cette confession reçue le tortura longtemps. Aujourd'hui encore, ces aveux restaient pour lui un secret trop lourd à porter. Jusqu'à ce jour funeste, la cruauté des soldats allemands était restée presque abstraite dans son esprit, car il ne se pouvait pas que des hommes soient aussi éloignés de Dieu en étant aussi cruels. Il avait cru cela jusqu'au moment où le major Keller donna au peloton d'exécution l'ordre de faire feu sur des hommes sans défense attachés aux poteaux dressés au sommet de la Colline aux Biches. L'acier qui jaillit alors du canon de ces fusils, il le sentit également traverser son propre cœur.

Quelques jours plus tard, après avoir reçu les aveux du meurtrier de l'officier allemand, il décida de quitter Hauteville et son église avec comme projet unique de rejoindre l'Angleterre et de troquer sa soutane contre un uniforme afin de lutter contre la folie inhumaine des nazis. Dieu peut-être lui montra le chemin en lui faisant choisir le combat plutôt que la prière, même au prix de l'abandon de sa paroisse et de ses certitudes. Il se consola en acceptant de sacrifier sa vie pour sauver celles de ses compatriotes. Pour ça, il lui fallut inévitablement tuer d'autres hommes, des femmes, des enfants aussi peut-être, sous les chapelets de bombes qu'il libéra des entrailles de son bombardier. Pour cette raison, il ne s'estimait plus digne de sa charge de prêtre. « Tu ne tueras pas ! » se répétait-il sans cesse.

Peu après son arrivée à Londres, Antoine rencontra le très jeune et ambitieux Eugène de Beaulieu, lequel rêvait de créer un journal régional en Normandie sous le titre *Le Clairon*. Les deux hommes sympathisèrent et convinrent de travailler ensemble, Eugène parvint à trouver les fonds nécessaires à la naissance de son journal dont le siège était à Rouen, mais qui couvrait la totalité de la Normandie, une partie de la Bretagne et de la proche région parisienne. Quand *Le Clairon* parut pour la première fois début janvier 1944, Antoine fut sollicité par Eugène pour écrire de temps à autre des articles sur les Forces françaises libres et leur combat. Le journal normand devint en quelques mois une source précieuse d'informations soigneusement codées et utilisables par la Résistance. Il fut particulièrement utile pendant les quelques semaines qui précédèrent le débarquement.

Son intégration au Bomber Command permit à Antoine de décrire avec justesse l'enfer que les forteresses volantes créèrent au-dessus de Berlin ou de Hambourg, ravageant le cœur de ces villes et de bien d'autres encore. « Dieu a toujours été à mes côtés », se plut-il souvent à dire. Alors que beaucoup de ses camarades avaient péri sous le feu des DCA ennemies, lui avait toujours eu la chance de revenir vivant à sa base. Longtemps, il crut que Dieu légitimait ainsi ses actes mortifères en épargnant sa vie et en lui permettant à chaque fois de revenir poser son avion sans encombre sur le terrain d'aviation d'où il était parti peu avant, la peur au ventre.

Il s'endormit enfin pour une nuit sans étoiles.

9

Des bruits sur la place le réveillèrent tôt. Il se leva, s'étira en bâillant. En regardant par la fenêtre, il vit que le bruit venait de la charrette des frères Thuaud que tirait un solide percheron. Les deux bûcherons se rendaient comme tous les matins dans la forêt pour y travailler. Antoine admira le paysage blanchi. Au beau milieu de la place, les branches du gros chêne ployaient sous le poids de la neige. La charrette disparut à l'angle de la mairie. En face, l'école restait inanimée, comme pendant toutes les périodes de vacances. À sa gauche, l'église aussi semblait engourdie par le froid. Il tendit l'oreille et distingua nettement le bruit caractéristique d'un train qui entrait probablement en gare de Hauteville, de l'autre côté du village.

Après une toilette rapide, Antoine descendit l'escalier de bois grinçant. Marguerite était déjà levée et l'attendait dans la cuisine où elle avait préparé un copieux petit déjeuner pour son unique client, ou plutôt son unique invité, car elle n'avait pas l'intention de lui facturer son séjour. L'hôtelière ne cacha pas sa satisfaction devant le plaisir ostensible qu'Antoine prit à déguster ce qu'elle lui avait préparé. Elle le regarda manger en silence, mais ne put s'empêcher de lui demander ce qu'il allait faire maintenant. Entre deux bouchées, il lui répondit qu'il attendait de se rendre au rendez-vous sollicité par son mystérieux témoin, en espérant qu'il soit fiable. Le lieu, la date et l'heure du rendez-vous devaient lui être communiqués sous peu, mais il ignorait encore comment et par qui. La vieille femme haussa les épaules. « Mais puisque vous connaissez le coupable... » Antoine soupira. Il était difficile pour Marguerite, mais probablement aussi pour la plupart des habitants du village, de comprendre que le secret de la confession devait être respecté par un homme d'Église quand bien même il ne portait plus la soutane. Il avait renoncé à l'Église, mais pas à sa foi ni aux obligations de la fonction de prêtre. C'était une question de respect. Il posa son bol de café et expliqua à son hôtesse les raisons de son mutisme.

La lettre reçue par la rédaction du *Clairon* était des plus concises. Le mystérieux correspondant déclarait avoir des révélations à faire sur le drame de la Colline aux Biches. Il souhaitait rencontrer un journaliste à ce sujet. Aussi s'attendait-il à un coup de téléphone ou à quelque chose dans ce genre. Il remercia Marguerite et remonta dans sa chambre pour s'installer devant sa machine à écrire.

Pendant qu'elle faisait un peu de vaisselle dans sa cuisine, Marguerite entendit des coups frappés à la porte de l'hôtel. Le temps de poser son torchon et de se rendre dans le hall d'entrée, le visiteur semblait avoir disparu. En ouvrant la porte, elle vit cependant la silhouette d'un gamin qui courait vers l'une des rues, mais elle ne parvint pas à l'identifier. Quand elle referma la porte, persuadée d'avoir affaire à un petit plaisantin, elle faillit marcher sur une enveloppe blanche. Péniblement, la vieille femme se baissa pour la ramasser. Des gouttes d'eau ou des flocons de neige avaient mangé les premières lettres du nom de son destinataire. Elle revint dans sa cuisine et chaussa ses énormes lunettes. « Pour M. Antoine Cordier » parvint-elle à lire. Il était indiqué que ce courrier avait un caractère confidentiel. Aussi, la brave femme monta rapidement l'escalier et frappa à la porte de son locataire qui ouvrit aussitôt. « C'est pour vous », lui dit-elle en lui mettant la missive entre les mains. Antoine la remercia.

— C'est un gosse du village qui l'a glissée sous ma porte, dit Marguerite, qui mourait d'envie d'en connaître le contenu.

— Savez-vous qui était ce gamin ?

Marguerite leva les bras au ciel. Non, elle ignorait lequel des enfants du village avait pu jouer au facteur. Pourtant, elle les connaissait presque tous, ces petits. Antoine remercia l'hôtelière et ouvrit la lettre lentement. Il déplia le document et en commença la lecture en silence.

— Alors ? demanda Marguerite.

— Alors rien. Rien qui puisse vous intéresser.

Marguerite haussa les épaules et tourna les talons. Antoine l'entendit redescendre l'escalier après avoir refermé sa porte. C'était donc aujourd'hui le jour de ce fameux rendez-vous. Le courrier était bref : il lui fallait se rendre à 11 heures précises sur la Colline aux Biches. Pas de signature ! Rien qui puisse donner la moindre indication sur l'auteur de ce billet. Mais cela importait peu.

Antoine décida de sortir. Il avait encore un peu de temps avant de se rendre à son rendez-vous. La neige avait cessé de tomber et commençait à fondre. La route réapparaissait noire entre les bâtiments qui occupaient la place du bourg. C'était probablement une réminiscence de son passé religieux qui mena ses pas vers le cimetière. Les tombes étaient encore couvertes pour la plupart d'une blancheur éclatante. Sous ses yeux défilaient malgré tout des noms familiers : celui de M. Weil, celui de M. Hutin, l'ancien chef de gare et père d'Henriette qui reposait avec sa femme, puis, sur une même pierre tombale, les noms de Pierre et Adrien Lenain et tous les autres, les victimes du drame de la Colline aux Biches. Il se rappelait avoir prié pour eux avec ferveur. Il s'arrêta devant ces souvenirs de marbre et joignit ses mains devant lui pour réciter mentalement une prière en fermant les yeux. Il sursauta quand il entendit une petite voix de femme derrière lui.

— Bonjour, Antoine !

C'était Henriette. Elle expliqua venir nettoyer régulièrement la tombe de ses parents encore couverte de neige. Antoine approuva. Il ne cacha pas avoir éprouvé une intense émotion en marchant entre tous ces morts qu'il avait tant aimés quand ils étaient encore pleins de vie, avec leurs qualités et aussi avec leurs défauts. Des humains, quoi !

— Voulez-vous un café ? proposa la jeune femme. Ça nous réchauffera.

— Volontiers.

Ils sortirent du cimetière et gagnèrent la grille de la cour d'école qu'Henriette ouvrit. Ils longèrent le bâtiment vers la gauche et parvinrent à la porte de l'appartement de fonction que la jeune institutrice occupait.

— Entrez, je vous en prie ! dit Henriette en ouvrant la porte qu'elle n'avait pas pris la peine de verrouiller.

Une douce chaleur les enveloppa. Le poêle à charbon laissait voir des braises rougeoyantes. Henriette invita son hôte à s'asseoir et fouilla dans son buffet pour en sortir deux tasses, des cuillères et un pot rempli de sucre.

Antoine se sentait pourtant mal à l'aise. Non pas qu'il craignait quelque chose de précis. En réalité, le récit de l'arrestation d'Henriette et les tortures qu'elle avait subies lui paraissaient insupportables à imaginer. Il ne cessait de penser à ce salaud qui avait dénoncé une innocente. Henriette s'assit devant lui et lui sourit.

— Je suis désolé de ce que vous avez dû endurer. Je comprends mieux le sens de vos paroles le jour de mon arrivée à Hauteville.

Henriette baissa les yeux, serrant entre ses mains la tasse fumante.

— Ne soyez pas désolé. Vous n'y êtes pour rien.

Il n'en était pas si sûr. Peut-être qu'en restant à Hauteville, il aurait pu empêcher ça. Ne portait-il pas une part de responsabilité dans les drames qui avaient secoué le village ? Henriette ne souhaita pas poursuivre la discussion sur cet épisode douloureux de sa vie. Bien sûr, elle aurait pu mourir sous les coups des policiers allemands, mais le pire pour elle restait la mort d'Adrien.

— Vous vous aimiez ? demanda Antoine.

— Oui. Nous voulions nous marier après la guerre.

La jeune institutrice expliqua qu'Adrien préférait attendre que la paix soit enfin revenue dans notre pays. Elle comprit beaucoup plus tard que l'engagement du jeune homme dans la Résistance était un risque qu'il ne voulait pas lui faire courir. Quand Keller l'interrogea, elle ignorait vraiment tout des activités de son fiancé. Son visage s'assombrit. Elle baissa la tête pour faire tomber ses cheveux devant ses yeux afin de masquer ses larmes.

— Vous êtes jeune. Il faut penser à vous, malgré tout.

— Je sais ! C'est ce que tout le monde me dit. Ce ne sont pas les prétendants qui manquent pourtant, mais Adrien était celui que j'avais fini par aimer.

— Ce n'était pas le premier ?

Henriette rougit et détourna les yeux. Elle déclara avec une émouvante timidité avoir été amoureuse d'un autre homme avant Adrien. Cependant, elle avait dû y renoncer, tant cet amour était impossible.

— Il était marié ?

Elle sourit et répondit d'une voix hésitante :

— En quelque sorte…

Le regard d'Antoine croisa celui d'Henriette. Une lueur étrange dansait dans les yeux paisibles de son hôtesse. Elle lui souriait, mais son visage exprimait curieusement quelque chose qui ressemblait à de la tristesse ou peut-être à des regrets. Antoine n'osa pas pousser la porte de ce qui semblait être l'entrée d'un jardin secret. « Je comprends », se contenta-t-il de dire avec un respect sincère. Il regarda le cadran de la pendule comtoise et s'excusa de devoir partir. Il était bientôt 11 heures et il devait encore se rendre sur le lieu du rendez-vous fixé par son mystérieux correspondant. « Mais je vous en prie, allez-y ! » lui dit Henriette en se levant. Il repoussa sa chaise en arrière et se dirigea vers la porte qu'elle ouvrit devant lui.

— Je vous remercie pour le café, lui glissa-t-il.

— Sauvez-vous et faites attention à vous !

Il lui prit la main tout en la regardant avec intensité puis il sortit, relevant son col pour se protéger du léger vent qui se levait. La neige avait déjà bien fondu. La route se dessinait maintenant en deux lignes noires parallèles qui contrastaient avec les masses blanches qu'elles traversaient en élégantes arabesques. Avant de sortir de la cour de l'école, Antoine adressa un dernier signe de la main à Henriette qui le regarda s'éloigner jusqu'à ce qu'il disparaisse au coin de la mairie.

Antoine s'engagea sur le chemin de terre creusé d'ornières qui montait jusqu'au sommet de la colline. Il se rappelait avec une émotion croissante le jour où il avait gravi cette pente, accompagnant les quinze hommes entravés que des soldats poussaient sans ménagement vers la mort. Il se rappelait aussi les regards suppliants des familles qui suivaient ce triste cortège. Dans ces regards se lisait l'espoir que tout ceci s'arrête, car Dieu ne pouvait permettre un acte aussi inhumain. Que pouvait-il répondre à ces prières muettes ? Rien, il n'avait rien pu faire sinon baisser les yeux et prier en silence. Jusqu'au moment où Keller donna l'ordre de tirer, il s'était persuadé que Dieu interviendrait. Hélas ! Le ciel resta vide ce jour-là, désespérément et cruellement vide.

De chaque côté du chemin s'élevaient de magnifiques chênes. Il arriva enfin dans la clairière du drame. Les arbres montaient vers le ciel comme les piliers de pierre d'une cathédrale et en cachaient presque la vue. Les cinq poteaux qui servirent à l'exécution des otages avaient été sciés. La nature avait effacé toute trace matérielle de ce qui fut, pour la population du village, un traumatisme insupportable. Aujourd'hui encore, ces souvenirs douloureux restaient présents dans les mémoires. N'avait-il pas eu l'occasion de le constater ces dernières heures lors de cette réunion improvisée à l'hôtel de la mère Lenain ? Des larmes avaient coulé, des silences lourds s'étaient produits, faisant ressortir les souffrances muettes partagées par tous.

Une voix fit sursauter Antoine qui restait debout, immobile, les mains jointes devant sa poitrine, face à l'endroit où un sang innocent avait coulé.

— Eh bien, mon père, vous vous êtes perdu ?

C'était l'un des frères Thuaud qui sortit de sous les arbres, une hache sur l'épaule. Antoine le reconnut et le salua.

— Vous ne croyez pas si bien dire, répondit-il en souriant.

Thuaud comprit évidemment que la présence d'Antoine en ces lieux n'était pas un hasard. Il expliqua que son frère et lui avaient brûlé les poteaux d'exécution souillés du sang des martyrs. C'était mieux ainsi. Antoine lui donna raison. Le bûcheron lui serra la main, déclarant qu'il était heureux d'avoir revu l'ancien curé de Hauteville sans toutefois lui demander la moindre explication sur sa disparition ou sur la raison de son retour.

— Je vais rejoindre mon frangin qui m'attend plus bas, dans la forêt. Passez une bonne journée !

— Vous aussi. Bon courage !

Antoine vit l'homme disparaître entre les grands arbres, puis il décida de regagner la route où son mystérieux témoin devait le rejoindre. L'espace d'un instant, il avait cru que Thuaud était l'auteur du billet reçu à l'hôtel. Il hâta le pas, car il faisait un froid mordant qu'une légère brise accentuait, agitant doucement les branchages presque nus des arbres endormis. Bientôt, il arriva à l'intersection et resta sous le couvert des premiers arbres. D'un bref regard à sa montre, il vit que l'heure du rendez-vous approchait. Il remonta le col de son manteau et attendit patiemment de découvrir qui était l'auteur de la lettre adressée à la rédaction du journal.

L'attente ne fut pas longue, car une voiture noire arrivait à vitesse réduite sur la route provenant du village. Antoine se redressa et tenta en vain de voir le visage du conducteur. La voiture vint s'arrêter tout près de lui et la portière s'ouvrit.

— C'est toi ? s'exclama Antoine, surpris.

— Oui, je viens vous chercher. Montez !

Antoine hésita un instant mais, sans dire un mot, contourna la voiture, ouvrit la portière côté passager et s'installa. Il regardait d'un air étonné l'homme qui posa ses mains sur le volant et redémarra avec prudence.

— C'est donc toi, mon témoin ? demanda Antoine au bout de quelques minutes.

— Non, répondit André, mais nous allons à sa rencontre.

10

Le trajet fut long en raison de l'état des routes, encore recouvertes par endroits d'une neige épaisse qui masquait les blessures dues aux âpres combats qui avaient eu lieu dans la région. André conduisait en silence, attentif à ne pas déraper. Antoine lui avait demandé où il comptait l'emmener. Le jeune garçon lui avait simplement répondu qu'ils étaient attendus à l'hôpital de Falaise. Il n'en dit pas plus et Antoine n'insista pas.

La campagne normande semblait engourdie dans les frimas de l'hiver et le spectacle de ces paysages en noir et blanc, en ombres et en lumières, émerveillait toujours Antoine, qui le contemplait avec plaisir, bercé par les mouvements et le bruit régulier du moteur de la voiture. Il régnait dans l'habitacle une douce chaleur qui incitait à la rêverie, à moins que ce ne fût au cauchemar, car, dans d'aussi paisibles et bucoliques espaces, le sang des hommes avait abondamment coulé. Pendant de nombreuses années, les paysans normands retrouveront sans doute dans les sillons dessinés par leurs charrues une multitude de ces engins infernaux qui n'ont d'autre raison d'exister que de déchirer les chairs de leurs malheureuses victimes. L'intelligence des hommes ne s'exprimerait-elle que dans les inventions mortifères de quelques ingénieurs dont l'unique objectif serait la destruction systématique de leurs semblables ? Antoine frissonna à cette idée, lui qui avait lâché tant de bombes sur des villes allemandes.

Enfin, les premières maisons de la ville de Falaise apparurent. André se faufila dans le quartier où se trouvait l'hôpital jusqu'à arriver devant le bâtiment. Il rangea sa voiture auprès d'autres véhicules. Les deux hommes en descendirent et se dirigèrent vers l'entrée. André semblait connaître parfaitement les lieux, car il s'engagea sans hésiter dans un escalier et en gravit les premières marches, suivi par Antoine. Au deuxième étage, ils parcoururent un long corridor où se croisaient de nombreuses infirmières, des médecins, des malades. André s'arrêta devant la porte d'une chambre, qu'il ouvrit doucement. Dans la pièce, étaient alignés quatre lits. Deux d'entre eux étaient inoccupés, mais Antoine remarqua immédiatement les lits les plus proches de la fenêtre où des formes humaines étaient allongées. André saisit une chaise et la posa près du premier lit, invitant Antoine à s'y asseoir. Pendant qu'il s'installait, le jeune homme contourna le lit et s'assit de l'autre côté. Caché sous les draps immaculés, Antoine ne voyait pas le visage du malade qui semblait dormir. Avec précaution et douceur, André saisit la main qui dépassait et dit tout bas :

— Maman ! C'est moi. Le père Antoine est avec moi.

La forme bougea et se retourna dans le lit. Antoine reconnut alors, non sans difficulté, le visage de Louise, la mère d'André. L'ancienne secrétaire de mairie de Hauteville avait bien changé. Les rides sur son visage amaigri et son regard éteint indiquaient qu'elle n'était plus la femme ronde et énergique qu'Antoine avait connue des années plus tôt.

— Bonjour, Louise ! dit-il, ému de cette découverte.

Elle répondit d'une voix presque inaudible :

— Bonjour, mon père ! Je suis surprise de vous voir. Je sais que ma dernière heure est arrivée, mais je m'attendais à recevoir un journaliste, pas un prêtre.

Antoine esquissa un sourire. Il expliqua pour la énième fois les raisons qui l'avaient poussé à quitter l'Église. S'il était là aujourd'hui, c'était en sa qualité de chroniqueur du journal auquel elle avait envoyé un courrier sollicitant un entretien destiné à faire la lumière sur certains événements survenus dans la commune de Hauteville. Louise parut surprise qu'un prêtre puisse ainsi abandonner la soutane, mais elle se reprit très vite, déclarant qu'elle avait craint un instant qu'Antoine venait lui administrer les derniers sacrements.

— Non, Louise, je n'ai plus ce pouvoir. Mais ne parlons plus de moi ; dites-moi ce qui justifie ma présence ici ! Je veux dire en tant que journaliste.

La vieille femme parla alors longuement et lentement avec des silences fréquents pendant lesquels elle cherchait ses mots. Antoine avait appris quelques jours plus tôt, au cours de cette réunion dans la cuisine de Marguerite Lenain, que la pauvre mère d'André ne s'était jamais remise de la perte de son mari et de sa fille. Ces drames à répétition avaient déclenché chez elle une maladie grave. Louise le lui confirma. Elle se savait condamnée et tenait à révéler ce qu'elle savait au sujet du meurtre du lieutenant Hartmann qui avait entraîné l'exécution de quinze innocents sur la Colline aux Biches. Elle n'avait appris la vérité sur ce meurtre que plus tard. Son hospitalisation pour dépression à la suite des exécutions des otages et les soins intensifs qu'elle dut subir dans cet hôpital pour tenter de vaincre une maladie insidieuse l'avaient dissuadée de dénoncer l'auteur de cet acte aux conséquences tragiques. Ensuite, le suicide de Delphine avait aggravé son état au point qu'elle tenta de mettre fin à ses jours. Heureusement, son mari Pierre l'avait sauvée, mais elle resta marquée et dut abandonner son travail de secrétaire de mairie. Quand enfin, en juin 1944, Pierre fut abattu par les Allemands au cours de la tentative de sabotage de la voie ferrée, elle sombra dans une sorte de coma, reconnaissant à peine son fils. Elle savait dorénavant qu'il ne lui restait plus beaucoup de temps à vivre.

Antoine percevait dans le récit de Louise les accents d'une souffrance intense. Les larmes lui montèrent aux yeux. André baissait la tête tout en tenant la main de sa mère.

— J'ai tout consigné dans une lettre dans laquelle je décris ce que j'ai vu et entendu ce fameux jour de la fête des écoles, dit-elle. André, veux-tu bien ouvrir le tiroir de la table de chevet et me donner ce qu'il contient, s'il te plaît ?

André se tourna vers le meuble métallique et ouvrit le tiroir d'où il sortit une enveloppe qu'il tendit à Louise.

— Donne-la au père Antoine ! lui dit-elle dans une grimace de douleur.

Antoine la prit, renonçant à corriger la façon dont Louise l'avait nommé. Pour elle, il était toujours un peu le père Antoine. Elle poussa un petit gémissement. André lui demanda si elle voulait appeler une infirmière, mais elle refusa, se redressant tant bien que mal dans son lit de douleur.

Elle poursuivit son discours en précisant à l'attention d'Antoine que le contenu de cette lettre et sa signature avaient été certifiés par un médecin et une infirmière de l'hôpital afin qu'aucun doute ne puisse apparaître sur l'authenticité du document. Antoine hocha la tête.

— Vous y trouverez le nom du coupable du meurtre de l'officier allemand. J'explique aussi comment j'ai pu avoir connaissance de son identité. Faites-en bon usage !

Antoine mit le précieux témoignage dans la poche intérieure de son manteau. Il interrogea Louise sur la tentative de sabotage au cours de laquelle Pierre, son mari, avait perdu la vie ainsi que ses amis du réseau Viking. Malheureusement, Louise ne possédait aucune information sur cet épisode douloureux, qui précéda son hospitalisation définitive à Falaise. De plus, à cette époque, elle ne travaillait déjà plus à la mairie. Quant à l'identité de Max, elle n'en avait pas la moindre idée.

Louise se montra fatiguée et Antoine suggéra à André de la laisser se reposer. Le jeune garçon approuva. Il embrassa sa mère sur le front en lui promettant de revenir prochainement. Elle sourit et lui fit signe de partir. Antoine lui serra chaleureusement la main en la remerciant. Lui aussi reviendrait la voir. Toutefois, avant qu'ils partent tous les deux, Louise s'adressa une dernière fois à Antoine, lui demandant de ne publier son article dans le journal qu'après son décès. C'était la seule condition qu'elle lui imposait. Le journaliste fut quelque peu embarrassé, mais accepta cette dernière volonté.

— Rassurez-vous, continua Louise, ça ne devrait plus être très long.

Les deux hommes sortirent de la chambre, refermant doucement la porte derrière eux. Louise s'était retournée vers la fenêtre et dormait déjà.

Un médecin les croisa dans le couloir et reconnut le fils de sa patiente qu'il salua poliment. André s'inquiéta auprès du praticien de l'évolution de la maladie de Louise. Le docteur posa sa main sur l'épaule du jeune homme. Antoine n'entendait pas ce que le docteur lui disait, mais il vit nettement sur son visage l'expression désespérée d'André.

Le trajet du retour parut plus long encore que l'aller. Au volant, André était bouleversé par la perspective de perdre bientôt celle qui lui avait donné la vie. Il prit soudain conscience que, bientôt, il serait orphelin. Cette foutue guerre avait décimé directement ou indirectement toute sa famille. Se retrouver seul l'effrayait. Antoine essaya de lui remonter le moral en mettant en avant l'héroïsme dont les Blanc avaient fait preuve. Dieu saurait les reconnaître.

— Votre Dieu, je n'y crois plus. Soit il est mort, soit il n'est pas encore né, répliqua André amèrement.

Antoine n'insista pas. Au bout de quelques kilomètres, André demanda à Antoine pourquoi il n'ouvrait pas la lettre pour découvrir le nom du salaud qui avait permis par sa lâcheté le passage par les armes de quinze innocents. Antoine lui répondit tranquillement qu'il connaissait déjà le nom du coupable. Le garçon ne comprit pas ce qui pouvait expliquer une telle affirmation et se concentra sur la conduite de sa voiture.

Une pluie abondante se mit à tomber tout à coup. Les essuie-glaces de la vénérable voiture eurent le plus grand mal à en évacuer les larmes, laissant entendre leur ronronnement obstiné et régulier. Arrivés à l'entrée du village, André proposa à Antoine de le déposer juste devant l'hôtel.

— Comment te débrouilles-tu, maintenant ? demanda Antoine.

André arrêta la voiture devant le porche, réfléchit un instant et confia à son passager que depuis la disparition de son père, il devait gérer la ferme seul. Le courage ne lui manquait pas autant que le temps. Ses visites régulières à l'hôpital de Falaise l'obligeaient à travailler plus longtemps et plus vite encore. En vérité, il était épuisé, mais ne souhaitait pas se plaindre. Il était en vie et avait un toit au-dessus de la tête, sans compter les produits de son exploitation agricole qui le nourrissaient, tout comme les gens du village. Antoine décela une grande tristesse dans ces paroles.

— Et vous, dit André, qu'allez-vous faire ?

Antoine répondit qu'il n'était pas question de passer outre la volonté de Louise. Pour l'instant, il ne ferait rien qui puisse trahir la parole donnée. D'ailleurs, ce soir, il avait l'intention de mettre Eugène de Beaulieu, le patron du journal, au courant de son entretien avec Louise. Il ne révélerait rien de la cause du drame de Hauteville, afin de respecter l'engagement pris auprès de la malade. Après tout, la vérité pouvait bien attendre quelques jours de plus. André remercia Antoine de tant d'humanité. Sa mère ne lui avait jamais révélé le nom du meurtrier du lieutenant Hartmann et il n'avait jamais tenté de le connaître. Antoine serra la main du jeune homme et ouvrit la portière de la voiture. Immédiatement, la pluie furieuse s'abattit sur lui. Il courut se mettre à l'abri sous le porche et salua son chauffeur une dernière fois avant de disparaître dans le hall d'entrée de l'hôtel.

Ferchaud travaillait dans son bureau à la mairie. Quand il entendit le bruit d'un moteur, il tourna machinalement la tête vers la fenêtre. De là, au premier étage, il voyait tout. Aucun des mouvements des uns et des autres ne lui échappait autour du vieux chêne qui occupait le centre de la place. Pourtant, il eut beau froncer les sourcils, la pluie dense brouillait sa vision. Il aperçut la silhouette de l'homme qui sortit de la voiture et rentra précipitamment dans l'hôtel. Pas de doute, ça ne pouvait être que le père

Antoine. En revanche, il ne put identifier la voiture qui était d'un modèle répandu dans le village. Il en existait pas loin d'une quinzaine, toutes de la même couleur sombre. Impossible de savoir qui était le conducteur. Était-ce ce fameux témoin dont Antoine leur avait parlé et avec qui il avait rendez-vous ? Ferchaud se renfonça dans son siège, l'air inquiet. Une jeune femme blonde entra après avoir frappé timidement à la porte du bureau du maire.

— Quelques documents à vous faire signer, monsieur ! dit-elle en posant un parapheur sous les yeux de Ferchaud.

— Merci, mademoiselle Gentil. Je m'en occupe.

La secrétaire hocha la tête et ressortit, laissant Ferchaud perdu dans ses pensées inquiètes.

Quand elle entendit la porte du hall s'ouvrir, Marguerite Lenain accourut. Elle voulait absolument savoir comment s'était passé le rendez-vous d'Antoine. Elle fut déçue, cependant, de la réponse de son locataire qui ne révéla pas l'identité de son témoin et encore moins l'identité du meurtrier ayant provoqué l'exécution de quinze hommes innocents du village.

— Qu'allez-vous faire, alors, si vous n'écrivez pas votre article ? demanda l'hôtelière.

Antoine avait d'autres travaux à réaliser pour son journal qui publiait chaque semaine un feuillet de ses « Mémoires de Guerre ». Il rédigerait l'article sur le drame de Hauteville, mais le journal ne le publierait qu'en respectant une condition précise imposée par le témoin. Marguerite n'insista pas. Elle connaissait la détermination et la droiture du prêtre et ne doutait pas qu'elles soient différentes de celles du journaliste.

— Nous dînerons à 19 heures, se contenta-t-elle d'ajouter.

— Parfait !

Antoine gravit les escaliers menant à sa chambre, tourna la clé et y pénétra. Il sortit la précieuse lettre de la poche de son manteau et la posa sur la table, à côté de sa machine à écrire.

11

La pluie avait cessé de tomber malgré des nuages encore menaçants. De sa fenêtre, Antoine voyait de la lumière dans l'appartement de fonction où logeait Henriette, de l'autre côté de la place, face à l'hôtel. Pendant un court instant, il eut envie d'aller rejoindre la jeune institutrice, mais y renonça. Il l'imaginait en train de corriger avec sérieux les cahiers de ses petits élèves, penchée sur son bureau avec un crayon à la main. Il regarda l'enveloppe encore fermée sur laquelle son nom était écrit et se décida enfin à l'ouvrir. Le nom du coupable du meurtre du lieutenant Hartmann, il le connaissait déjà. Cette lettre n'en serait que la simple confirmation. Ce qui l'intéressait, c'était plutôt la façon dont Louise Blanc en avait eu connaissance elle-même.

Il sortit avec précaution le papier de l'enveloppe et le déplia. Il remarqua tout de suite les trois signatures apposées en bas du document : celle de Louise, bien sûr, et celles d'un médecin et d'une infirmière de l'hôpital certifiant le paraphe de la malade, dont l'écriture autrefois si élégante était devenue hésitante. Ainsi, personne ne pourra contester l'authenticité du document ou l'identité du signataire. Antoine en commença la lecture. Au fil des mots, il imaginait parfaitement les scènes que l'ex-secrétaire de mairie évoquait.

Louise était occupée à taper à la machine un rapport pour le major Keller qu'il voulait diffuser dans la commune. Elle était assise à son bureau et tournait le dos au hall d'entrée de la mairie. Ferchaud, lui, rangeait des dossiers anciens dans la salle des archives. Le major Keller tenait une réunion avec ses plus proches collaborateurs dans l'ex-bureau du maire, au premier étage. Tout le village était inquiet, ce jour-là. L'ultimatum lancé par Keller arrivait à son terme dans une poignée de minutes. L'horloge indiquait 10 h 30. Soudain, Louise entendit des pas rapides dans le hall d'entrée. Le temps de se retourner et la personne avait déjà disparu. Intriguée, la secrétaire se leva et vint jeter un œil curieux dans le couloir. À gauche, c'était l'escalier montant dans les étages. L'inconnu ne pouvait avoir gravi ces marches de bois qui grinçaient bruyamment sous le poids de quiconque l'empruntait. De toute évidence, elle les aurait entendues et aisément identifiées tant ces bruits lui étaient devenus familiers. À droite se trouvaient la porte des commodités et au fond l'entrée de la salle des archives. La porte était mal refermée et Louise entendit nettement la grosse voix de Ferchaud. Le maire semblait irrité. Sa voix couvrait presque celle plus aiguë d'un autre homme qui parlait vite et d'une façon suppliante. Louise crut même l'entendre pleurer. Elle s'approcha silencieusement et écouta la conversation. Ferchaud semblait hors de lui. Dans ses paroles se mêlaient la colère et l'angoisse.

— Je t'interdis de te dénoncer, tu m'entends ?

— Mais, papa, je ne peux pas laisser des gens se faire tuer pour quelque chose qu'ils n'ont pas fait. C'est moi qui ai tué le lieutenant Hartmann. C'était un accident. Ils comprendront. Je n'ai pas voulu sa mort. Il était ivre après la fête de l'école et on s'est battus, il est tombé, sa tête a heurté le granit du trottoir. Je voulais juste qu'il arrête de faire la cour à Henriette, c'est tout.

— Keller bluffe. Il n'osera pas exécuter de sang-froid des innocents. Je t'interdis de te livrer. Tu vas partir immédiatement chez ton oncle à Caen et tu n'en reviendras qu'une fois cette histoire oubliée.

— Mais…

— Fous-moi le camp !

Louise regagna son bureau sur la pointe des pieds. À peine fut-elle assise qu'elle aperçut le mystérieux visiteur sortir précipitamment de la mairie sans même qu'elle eut le temps de lui dire bonjour. Par la fenêtre, elle vit Augustin traverser la place à grands pas. Quand 11 heures sonnèrent, Perrin, le garde champêtre, arriva sur ordre de Keller pour annoncer l'exécution des otages et y convier tous les habitants. Peu après, les Allemands descendirent du premier étage en faisant grincer les marches de l'escalier. Ensuite, de sa fenêtre, Louise vit avec effroi le père Antoine et deux enfants de chœur encadrés par des soldats armés se rendre à l'école où étaient enfermés les otages. Le sort de ces malheureux était inéluctable. Une peur ineffable s'empara de la secrétaire. Ferchaud était sorti de la salle des archives et avait échangé quelques mots d'impuissance avec Louise. Quand le major apparut, Ferchaud se précipita vers lui, le suppliant de ne pas mettre sa menace à exécution. Le maire transpirait à grosses gouttes. Keller le toisa avec un regard méprisant. Du bras, il écarta Ferchaud de son chemin pour sortir et embarquer dans la voiture qui l'attendait devant le perron de pierre sur lequel, la veille, il avait prononcé les mots terribles des représailles envisagées.

— Attendez, major ! cria Ferchaud, rouge d'émotion. Épargnez ces pauvres gens, s'il vous plaît ! S'il vous faut un coupable, je veux bien être celui-là. Prenez ma vie, mais libérez les otages !

Keller marqua un temps d'hésitation. Son regard avait changé. Ainsi, cet homme ventru, ce paysan aux joues rebondies, offrait-il sa vie pour sauver celles de ses concitoyens ? Dans les yeux clairs de l'Allemand se lisait maintenant une sorte de respect pour un courage désespéré, pour un sacrifice inutile.

— Ne dites pas de bêtises, monsieur le maire ! Je vous attends sur la colline à 15 heures, comme tous les autres.

Sur ces mots, il écarta Ferchaud et sortit de la mairie, laissant le maire muet de peur au beau milieu du hall. Louise fut émue par la détresse qui se lisait sur le large visage où roulaient encore des perles de sueur. Il resta ainsi, prostré, pendant quelques instants. Louise vint lui prendre le bras pendant qu'il fixait sans la voir la porte par laquelle Keller venait de disparaître, suivi de ses officiers.

La lettre de Louise se terminait sur l'exécution des quinze otages à laquelle Ferchaud assista comme tous les autres habitants du village. Augustin était présent, lui aussi, effondré par un tel spectacle qu'il n'osa pas regarder, fixant intensément son père qui semblait paralysé. D'un seul regard, Ferchaud lui fit comprendre de ne rien faire ou dire qui put le mettre en danger. Augustin était persuadé que son père interviendrait pour sauver ces innocents. Jusqu'au dernier moment, il attendit une parole, un événement qui pourraient changer le cours des choses. Louise aussi avait espéré un miracle. Elle crut qu'Augustin aurait le courage de se dénoncer. Il n'en fut rien.

Antoine replia soigneusement la lettre de Louise qu'il replaça dans son enveloppe. Augustin était bien le meurtrier d'Hartmann. Maintenant, il en avait la preuve et pouvait l'utiliser pour faire triompher la vérité sans jamais trahir le secret de la confession. Il se souvint des aveux d'Augustin dans le confessionnal et soupira. Il s'assit devant sa machine à écrire et se mit à travailler.

Dans la soirée, Antoine descendit chez Marguerite pour dîner. La brave femme avait cuisiné un copieux repas dont il se délecta, la félicitant chaleureusement de ses talents culinaires. Ils discutèrent pendant la durée du repas, mais Marguerite se garda de faire la moindre allusion au témoin mystérieux qu'Antoine avait rencontré. Peut-être pressentait-elle que les révélations futures sur le drame de la Colline aux Biches auraient des conséquences délétères sur l'atmosphère du village. Même si elle mourait d'envie de savoir qui était le lâche coupable d'avoir envoyé à la mort des innocents par son silence, elle se contenta temporairement de ces compliments sur ses qualités de cuisinière. Néanmoins, Antoine s'aperçut que sa logeuse attendait de lui une révélation. Les silences et les gestes nerveux de la brave femme ne le trompaient pas. D'ailleurs, des questions lui brûlaient les lèvres à lui aussi. Il but un verre de cidre et, de la façon la plus naturelle qui soit, demanda à Marguerite si elle connaissait l'identité véritable de Max, le chef du réseau Viking auquel son mari et son fils appartenaient.

Marguerite déclara ne pas connaître cet homme. La seule chose qu'elle savait avec certitude, c'est que Fernand était le responsable de la cellule de Hauteville. Max en dirigeait plusieurs autres dans de nombreuses villes du secteur, la plus importante se trouvant à Caen. Elle savait que son époux et son fils se rendaient souvent à des réunions secrètes, mais n'avait jamais été informée de leur contenu, des lieux et encore moins du nom des participants. Seul Fernand connaissait l'identité de Max qui n'assistait aux réunions que rarement. Le plus souvent, il déléguait Fernand pour faire passer au groupe ses instructions. Quand il les animait lui-même, c'était emmitouflé dans un manteau qui laissait deviner sa grande taille. Il portait un masque, de sorte que même Adrien n'avait jamais vu le visage du chef de la Résistance.

— Pourtant, vous avez été arrêtée par les Allemands, poursuivit Antoine.

Oui, elle avait été arrêtée et retenue prisonnière dans les sous-sols de la mairie avec Louise et cette pauvre petite Henriette. Les policiers de la Gestapo n'avaient pas eu le temps de l'interroger, contrairement à la pauvre institutrice qui, elle, ne savait absolument rien du réseau Viking. Pour la protéger, Adrien ne lui avait jamais rien dit à ce sujet.

— Quant à moi, après la mort de mes deux hommes, j'aurais préféré mourir à mon tour. Les Allemands n'étaient pas prêts à admettre qu'une épouse ne soit pas au courant des faits et gestes de son mari ou de son fils. Après Henriette, ça aurait été notre tour à Louise et à moi. Le seul tort d'Henriette était d'être jolie et jeune. C'est pour ça qu'ils ont commencé par elle, la pauvre.

Le visage de l'hôtelière se contracta soudain, comme soumis à une vive émotion. Elle aurait tant aimé qu'Henriette et Adrien se marient, qu'ils aient de beaux enfants après la fin de cette fichue guerre.

— J'ai tant prié Dieu, ajouta Marguerite, je l'ai tellement supplié d'épargner ceux que j'aime… J'en suis arrivée à un tel point que je finis par croire que vous avez bien fait de quitter l'Église.

Antoine baissa les yeux avec humilité. Il comprenait ce désespoir et en percevait la tristesse qui sortait du cœur blessé de cette femme, comme les vagues de la Manche baignant le littoral normand aux sables rougis de sang.

Il plia sa serviette et se leva, proposant à Marguerite de l'aider à laver la vaisselle, ce qu'elle refusa d'un geste de la main.

— Dans ce cas, me permettez-vous de téléphoner ? demanda-t-il.

— Bien sûr ! Le téléphone est dans la cabine à côté du bureau de la réception.

Il la remercia, posa sa main sur celle de Marguerite pour la consoler silencieusement d'un chagrin que le temps n'avait pas encore réussi à atténuer.

Il sortit de la cuisine et, parvenu dans le hall, se dirigea vers la petite cabine que l'hôtel réservait à l'usage de ses clients. Là, Antoine saisit le combiné qui était accroché verticalement sur le côté de l'appareil fixé au mur.

Une voix nasillarde se fit entendre, peu après, dans l'écouteur.

— Allô, Eugène ? C'est Antoine.

Eugène de Beaulieu fut ravi d'entendre la voix de son correspondant et chroniqueur de Hauteville. Le patron du journal *Le Clairon* attendait avec impatience un compte-rendu de ce fameux rendez-vous et des révélations inédites qui ne manqueraient pas d'en provenir. Antoine confirma d'abord avoir bien rencontré le témoin, mais n'en donna pas l'identité à Eugène, expliquant que ce témoignage était soumis à une condition bien précise qu'il s'était engagé à respecter. Il se contenta de dire que ce témoin mystère avait rédigé une lettre dont le contenu confirmait ce qu'il savait déjà en tant que prêtre sans pouvoir jamais le révéler ni même pouvoir le prouver.

Eugène se dit surpris par ce contretemps, mais accepta de patienter pour éditer l'article qu'Antoine lui transmettrait dès que possible, sans toutefois lui donner une date précise. Ça pouvait être demain comme dans un mois, peut-être plus, mais il avait donné sa parole. Eugène comprit et encouragea Antoine à poursuivre au moins le récit de ses mémoires de guerre que le journal proposait sous la forme d'une sorte de feuilleton à ses lecteurs.

— Surtout, fais-moi signe quand tu seras prêt, dit Eugène. Je passerai te voir à Hauteville.

— Je n'y manquerai pas. Sois tranquille ! répondit Antoine avant de raccrocher le combiné.

Il sortit de la cabine dont il referma la porte. Dans la cuisine, des bruits de vaisselle indiquaient que Marguerite s'occupait de la laver. Il décida de remonter dans sa chambre pour y travailler quelques heures avant de se coucher.

Ses doigts s'agitèrent avec agilité sur le clavier de sa machine à écrire. Les premiers mots de l'article qui allait expliquer la mort de quinze malheureux commençaient à s'aligner sagement sur le papier blanc. À chaque fin de ligne, un petit son aigu se faisait entendre, suivi du bruit du chariot que le journaliste repositionnait pour la ligne suivante. Des questions restaient néanmoins sans réponse dans l'esprit d'Antoine. La première concernait l'identité de Max. Rien n'indiquait que le chef du réseau Viking avait été tué au cours d'un affrontement avec les forces ennemies. Aucun indice ne permettait non plus d'en connaître l'identité. Enfin, qui avait pu dénoncer Henriette après la tentative de sabotage de la voie ferrée, et surtout pourquoi ? Car la jeune femme n'avait jamais appartenu de quelque façon que ce soit au réseau Viking ni à aucune autre organisation.

Ces interrogations tourmentaient Antoine, mais la consultation d'archives à la mairie lui donnerait peut-être de précieuses indications. Seules les archives de Keller pouvaient comporter un document qui permettrait l'identification du traître ayant dénoncé le réseau et chargé Henriette, lui faisant injustement risquer la mort. Cette idée de fouiller les documents de l'administration allemande lui parut intéressante sur le coup, mais il se ravisa très vite car, lors de leur départ précipité, les Allemands avaient pris la précaution de brûler les dossiers qu'ils ne pouvaient emporter avec eux. Il y avait donc peu de chance de trouver à la mairie la moindre information sur cet épisode de l'histoire locale.

Jusqu'à une heure avancée, Antoine se courba sur sa machine à écrire. La fatigue l'envahit cependant et il dut laisser provisoirement son travail en l'état. Il étira ses membres en bâillant et se déshabilla. Avant de se glisser dans les draps, il s'approcha de la fenêtre et vit que la place était plongée dans l'obscurité la plus totale. Il ne distinguait plus l'école ni la fenêtre de l'appartement où Henriette devait déjà dormir. Il soupira, tira le rideau et alla se glisser sous les couvertures.

12

Le lendemain matin, un dimanche, Marguerite se leva, fit un rapide petit déjeuner et se prépara pour sortir. Elle enfila son manteau et attrapa le chapeau accroché à une patère dans sa chambre. Il était à peine 9 heures et le soleil, qui avait été si discret ces derniers jours, montrait enfin quelques timides rayons. Marguerite sortit de la cuisine et gagna le hall d'entrée. Au pied de l'escalier, elle attendit un peu, le temps de percevoir un éventuel bruit dans la chambre de son unique locataire. Elle entendit nettement des pas et cria d'une voix forte :

— Antoine, je m'absente quelques instants.

La porte de la chambre s'ouvrit et Antoine apparut. Marguerite poursuivit :

— Je laisse la porte ouverte. Votre petit déjeuner vous attend. À tout à l'heure.

— Merci, Marguerite ! Bonne promenade !

Elle sortit et commença à traverser la place d'un pas lent. De la fenêtre de sa chambre, Antoine l'observa un instant. Elle salua Perrin, le garde champêtre qui passait sur sa bicyclette. Puis Marguerite se dirigea tout droit vers l'église et entra dans le cimetière. Antoine comprit que la brave femme se rendait sur la tombe de son mari et de son fils. C'était un rite immuable depuis cette funeste journée de juin 1944. Tous les dimanches, l'hôtelière avait rendez-vous avec « ses hommes », comme elle les appelait avec affection. Elle restait ainsi, debout devant le marbre froid, les mains jointes et la tête baissée pendant de longues minutes. Sans doute devait-elle leur parler, leur dire à quel point elle souhaitait les rejoindre, ou peut-être priait-elle, tout simplement. Antoine laissa retomber le rideau sur cette souffrance. Il sortit de sa chambre, descendit l'escalier et se rendit à la cuisine.

Marguerite avait préparé un copieux petit déjeuner comme elle en avait l'habitude. Antoine s'en réjouissait d'avance. Dans la douce chaleur de la cuisine, le café fumait dans la cafetière, le pain était frais et découpé en tartines disposées dans une panière en osier. Beurre, confiture, rien ne manquait. Un authentique moment de plaisir et de bien-être dont Antoine s'empressa de profiter. Il s'assit à table et se servit un bol de café.

Tout en grignotant ses tartines, il pensa à ce qu'il allait faire de sa journée. Certes, la rédaction de ses « Mémoires de Guerre » lui prendrait une bonne partie de son temps. Rentrerait-il à Caen ? Serait-il plus judicieux de rester à Hauteville ? Après tout, peu importait qu'il travaille ici ou ailleurs. Il eut le sentiment qu'il valait mieux rester à Hauteville parmi tous ces gens qu'il avait aimés et dont il connaissait l'histoire et les drames. Et puis, si l'article devait être bientôt publié dans le journal, il était probable que ça provoquerait un trouble au sein de la commune. Sa présence pourrait alors calmer les esprits, du moins l'espérait-il.

Il plia sa serviette et la replaça dans un rond en bois, puis il se leva et entreprit de débarrasser la table et de laver la vaisselle. Quand ce fut fait, il remonta dans sa chambre et décida d'aller prendre quelques photos afin d'illustrer son futur article. Il voulait photographier les endroits où s'étaient déroulés les épisodes tragiques qui avaient meurtri de façon durable la population du village. Il s'emmitoufla dans son manteau et saisit son appareil photographique qu'il pendit autour de son cou. Il ferma la porte de sa chambre à clé et descendit l'escalier. Dans le hall, il hésita à laisser sa clé sur le panneau où se trouvaient celles de toutes les autres chambres, puis, finalement, il décida de la garder sur lui. Il sortit de l'hôtel pour se retrouver sur la grand-place qu'il traversa sans se presser, contournant le vieux chêne dont les branches avaient été dénudées par les vents d'hiver. À l'angle de la mairie, il s'engagea sur la route, marcha quelques mètres avant d'atteindre le début du chemin de terre menant à la Colline aux Biches. Il remarqua au bas de la côte la carriole chargée de bois des frères Thuaud sans le cheval. Les bûcherons étaient probablement dans la forêt, occupés à débarder des troncs en utilisant la puissance de l'animal. Antoine monta la petite côte jusqu'à la clairière. L'endroit était désert ; il sortit son appareil et commença à prendre quelques clichés. D'abord, il photographia l'emplacement exact où furent érigés les cinq poteaux sur lesquels furent attachés les otages. Bien que ces poteaux ne soient plus là, Antoine crut les voir de nouveau. De même revoyait-il la rangée des soldats allemands prêts à lever leurs armes contre les hommes sans défense qui leur faisaient face. Et puis, il y eut le claquement sec des fusils repris à l'infini par un écho qui allongeait encore l'horreur d'un tel spectacle. Antoine leva les yeux au ciel et amena dans la mire de son appareil la cime des grands arbres, témoins muets et indifférents de la barbarie humaine.

Après quelques autres clichés, Antoine décida de regagner l'hôtel, car, si la pluie avait fait fondre la neige, elle avait rendu la terre boueuse et il faisait toujours très froid. Il redescendit donc la côte en prenant soin d'éviter les flaques d'eau pour se retrouver sur la route et prendre la direction du village.

Quand il entra dans le hall de l'hôtel, il constata que Marguerite était rentrée, car il entendit du bruit dans la cuisine. Il en poussa la porte et adressa un bonjour cordial à sa logeuse qui, après sa visite rituelle au cimetière, avait dû faire quelques courses à en juger par les paquets encore étalés sur la table et qu'elle s'employait à ranger.

— Merci pour le petit déjeuner, dit Antoine, reconnaissant.

Marguerite sourit et lui annonça le menu du déjeuner, ravie du plaisir que sa cuisine avait encore le pouvoir de procurer. Antoine en eut effectivement l'eau à la bouche.

Il remonta l'escalier et arriva devant la porte de sa chambre. Il allait sortir la clé de sa poche quand il constata que la porte était entrebâillée. Il se rappelait pourtant avoir soigneusement verrouillé la serrure. Quelqu'un serait entré dans sa chambre ? À moins que l'intrus ne s'y trouve encore. Prudemment, il poussa la porte qui s'ouvrit avec un léger grincement. La chambre était vide, en revanche il s'aperçut immédiatement que les feuillets de son travail qu'il posait auprès de sa machine à écrire étaient dispersés sur le sol. Les tiroirs de sa table de travail et des deux tables de chevet étaient tirés et avaient été visiblement fouillés, comme la grande armoire dans laquelle il rangeait ses affaires. Antoine eut le souffle coupé. Quelqu'un s'était bel et bien introduit dans sa chambre. En y regardant de plus près, il vit que la porte avait été forcée. Il redescendit l'escalier et entra brutalement dans la cuisine, ce qui fit sursauter Marguerite en train de laver ses légumes.

— Que vous arrive-t-il ? demanda-t-elle, soudainement inquiète.

— Marguerite, avez-vous vu ou entendu quelqu'un entrer dans l'hôtel pendant mon absence ?

L'hôtelière s'étonna d'une telle question. Non, elle n'avait vu ou entendu personne entrer dans l'hôtel, excepté lui. D'ailleurs comment aurait-elle pu voir si un inconnu était entré alors qu'elle était dans le bourg en train de faire ses courses ? Elle était rentrée juste quelques minutes avant Antoine, chargée de ses sacs remplis de provisions. Antoine lui expliqua que sa chambre avait été cambriolée.

Le rôdeur avait évidemment profité de leur absence pour entrer dans l'hôtel et forcer la porte de sa chambre.

— On vous a volé quelque chose ? demanda Marguerite en essuyant ses mains sur son tablier.

— Je ne sais pas. Il n'y avait rien de bien important à voler à part ma machine à écrire.

— Allons voir !

Ils remontèrent tous les deux à l'étage et Antoine fit l'inventaire de ce qu'il possédait et avait laissé dans la pièce pendant son absence. À sa grande surprise, il ne manquait rien. La dernière page de ses « Mémoires de Guerre » était encore sur le chariot de la machine à écrire.

— Je ne comprends pas, murmura-t-il.

— C'est une histoire de fou, renchérit Marguerite, depuis la création de l'hôtel, c'est bien la première fois qu'une telle chose arrive.

Le seul désagrément constatable était le bris de la serrure qu'il faudrait réparer. Mais avant, l'hôtelière suggéra à Antoine de porter plainte auprès de la gendarmerie. Il acquiesça, bien qu'il ne fût pas convaincu que les forces de l'ordre puissent retrouver le mystérieux visiteur. Celui-ci n'avait laissé aucune trace qui puisse permettre de le démasquer. De plus, il ne pouvait prouver l'existence d'un préjudice. Seule Marguerite pouvait déplorer légitimement la destruction de la serrure.

— Après la visite des gendarmes, vous changerez de chambre, promit Marguerite.

Les deux gendarmes vinrent effectuer les constats d'usage. Comme Antoine s'en était douté, il existait peu de chance de retrouver l'individu. Malgré tout, les policiers décidèrent d'interroger les gens du voisinage qui auraient pu être témoins de la présence d'un inconnu dans les parages ou d'un comportement suspect autour de l'hôtel. Cette enquête ne donna rien, comme Antoine s'y attendait. Les gendarmes avaient enregistré la plainte, mais lui firent remarquer que seule la porte de sa chambre avait subi un dommage et que rien ne lui avait été volé. C'était parfaitement exact. Antoine n'insista pas. Après le départ des policiers, il transféra ses affaires dans la chambre voisine, dont les fenêtres donnaient elles aussi sur la grand-place.

De la fenêtre de son bureau, Ferchaud vit la fourgonnette bleue des gendarmes démarrer devant l'entrée de l'hôtel Lenain et quitter la place. Il se leva de son fauteuil et sortit. Dans le hall, au rez-de-chaussée, il prévint Mlle Gentil, en train de taper une lettre à la machine, qu'il sortait un instant. La jeune femme hocha la tête et se replongea aussitôt dans son travail.

Le maire traversa la grand-place, saluant au passage un ou deux de ses administrés avec lesquels il échangea quelques aimables banalités. Puis il entra sous le porche de l'hôtel et poussa la porte donnant accès au hall de la réception. De sa grosse voix, il cria :

— Marguerite, tu es là ?

La porte de la cuisine s'ouvrit.

— Bien sûr que je suis là. Où veux-tu que je sois ?

Il sourit. La vieille femme ne manquait pas de répartie. Il lui demanda si Antoine était dans sa chambre. Elle le lui confirma. En quelques mots, elle expliqua au maire le cambriolage subi par son pensionnaire. Ferchaud dit avoir vu le véhicule de gendarmerie stationné devant l'hôtel et, comme il s'était douté que quelque chose avait dû se produire, il venait lui rendre visite. Il constata avec soulagement que Marguerite n'avait pas été molestée par ce voyou mystérieux. Elle précisa qu'Antoine n'avait pas été attaqué physiquement non plus, pour la bonne raison que ni elle ni lui n'étaient présents dans l'hôtel au moment des faits.

— Tant mieux, dit Ferchaud. Je peux le voir ?

— Bien sûr ! Monte ! C'est la chambre numéro huit au premier étage.

Il remercia la brave femme et gravit en soufflant les marches de l'escalier jusqu'à l'étage.

Antoine était occupé à remettre de l'ordre dans ses papiers quand il entendit les coups frappés à sa porte.

— Entrez ! cria-t-il.

Il pensait que Marguerite venait voir s'il était bien installé et s'il ne manquait de rien. Il ne fut pas surpris de voir que son visiteur était le maire de Hauteville. Il l'invita à entrer, se levant pour lui serrer la main.

— Quel bon vent vous amène, monsieur le maire ?

Ferchaud s'éclaircit la voix et justifia sa visite par la présence inhabituelle des gendarmes dans sa commune qui a toujours été une commune paisible et sans problème. Antoine eut un léger sourire et répondit qu'il ne doutait pas de l'honnêteté des Hautevillais. Cependant, il déclara avoir été cambriolé le matin même et demanda au maire si, d'aventure, il n'avait rien remarqué de la fenêtre de son bureau d'où il pouvait voir l'entrée de l'hôtel. Ferchaud affirma ne rien avoir vu de suspect, mais cela ne signifiait rien, car il n'avait pas été dans son bureau toute la matinée et, même quand il y était, il ne passait pas son temps à observer les allées et venues des uns et des autres sur la place du village.

— En plus, je suis tous les matins à la ferme, et je n'arrive pas très tôt au bureau. Seule Mlle Gentil aurait pu voir quelque chose. Encore qu'elle ne connaisse pas tous les habitants de Hauteville.

Ferchaud se félicita que personne n'ait subi de violence. Il tortillait nerveusement ses doigts boudinés. Son visage était rouge et il transpirait, même sans une chaleur accablante. Antoine devina que l'homme avait une question à lui poser. Et, en effet, avant de saisir la poignée de la porte pour partir, Ferchaud se retourna et demanda :

— Vous a-t-on volé quelque chose ?

— Non, rassurez-vous !

Ferchaud ouvrit la bouche, mais ne dit rien. Il se tourna de nouveau vers la porte et ajouta :

— À propos, avez-vous rencontré le témoin qui a sollicité votre journal ?

— Oui, comme prévu. Je possède le témoignage écrit de cette personne.

— Alors, vous savez tout ? Quand allez-vous publier votre article ?

Antoine observait avec attention les petits tics nerveux qui se manifestaient chez cet homme imposant.

— Je sais désormais ce que je savais déjà, répondit-il calmement. Quant à l'article, il paraîtra en temps voulu. Ne vous inquiétez pas !

— Ah ? Très bien. Bon je vous laisse. À plus tard.

Il fit un signe de la main et disparut derrière la porte qu'il referma doucement. Resté seul, Antoine s'approcha de sa fenêtre et regarda Ferchaud s'éloigner et regagner la mairie d'un pas rapide. Cette visite du maire ne l'avait pas surpris. Bien plus, il s'y attendait. Il n'y pensa plus quand il entendit la voix forte de Marguerite qui l'invitait à descendre pour déjeuner.

13

Antoine était allongé sur son lit, regardant d'un œil distrait la peinture écaillée du plafond. Ce cambriolage l'intriguait au plus haut point, car il y avait peu de chance qu'un voyou, quel qu'il soit, prenne le risque de fracturer une serrure pour ne trouver rien d'autre sur place que quelques feuillets de ses « Mémoires de Guerre ». Rien n'avait disparu et c'était bien ce qui l'étonnait. Antoine en conclut que le voleur n'avait probablement pas trouvé ce qu'il cherchait. En procédant par élimination, il en déduisit que le cambrioleur cherchait la seule chose qu'il conservait sur lui et qui ne pouvait être que la lettre de Louise. Seules trois personnes étaient au courant de l'existence de ce document : André, Marguerite et Ferchaud. De toute évidence, le contenu de cette lettre dérangeait quelqu'un à Hauteville. Pourtant, Antoine avait la conviction maintenant que cet acte avait été commis sans préparation aucune car le voleur, qui pouvait aussi être impliqué dans le meurtre du lieutenant Hartmann, ne connaissait pas le rédacteur de la lettre et devait se douter que rien n'empêcherait le témoin d'en rédiger une autre si besoin. Ce cambriolage avait été réalisé dans l'urgence et démontrait la fébrilité du coupable qui sentait peut-être arriver le moment où la vérité éclaterait. Et ce coupable, Antoine le connaissait fort bien et depuis longtemps. Comme Ferchaud. Évidemment !

Antoine se leva, étira ses membres en bâillant et s'installa à sa table de travail. Ses doigts commencèrent à s'agiter sur le clavier de sa machine, emplissant l'espace de cliquetis réguliers ponctués par le bruit aigu de la clochette de fin de ligne. Tout en travaillant sur ses « Mémoires », il ne put s'empêcher de penser au supplice qu'avait subi Henriette et à la dénonciation criminelle du réseau Viking dont la cellule hautevillaise avait été décimée lors du sabotage avorté de juin 1944. Qui avait pu commettre cette autre ignominie ? Aucun élément ne permettait à ce jour de relier les deux affaires. La seule certitude que l'on pouvait avoir était qu'un habitant du village avait fait preuve d'une lâcheté criminelle lors du meurtre de l'officier allemand. Celui-là, Antoine le connaissait, mais un autre aurait-il pu faire preuve de la même lâcheté quatre ans plus tard en dénonçant les membres du réseau Viking et en accusant dans le même temps la jeune institutrice ?

Le serrurier de la commune vint réparer la serrure brisée de la chambre voisine. Quand il entendit que quelqu'un s'affairait sur son palier, Antoine ouvrit la porte de sa chambre et salua l'homme qui s'excusa de l'avoir dérangé.

— Mais pas du tout ! Je vous en prie, faites ! dit Antoine, rassuré.

Il retourna à sa table de travail et poursuivit l'écriture du feuillet qu'il devrait transmettre bientôt à Eugène. Après le repas de midi, il décida d'appeler le patron du journal pour lui donner quelques nouvelles. La secrétaire d'Eugène de Beaulieu répondit à Antoine que celui-ci était en route pour Hauteville avec l'intention de faire le point avec lui sur l'article à venir. Antoine raccrocha, satisfait de revoir son ami et de pouvoir échanger avec lui sur les événements récents dont il n'avait sûrement pas encore connaissance.

Une voiture aux couleurs du journal arriva en fin d'après-midi et vint se garer juste devant l'hôtel Lenain. Eugène en descendit. C'était un homme d'à peine 30 ans à la silhouette élégante et à la coiffure blonde particulièrement soignée. Il portait un costume trois-pièces de la toute dernière mode masculine. Il entra sous le porche et frappa à la porte d'entrée. Marguerite surgit de la cuisine et accueillit le nouvel arrivant. Elle avait été informée de cette visite par son unique pensionnaire. Antoine ne tarda pas à descendre l'accueillir à son tour et l'invita à monter dans sa chambre.

— Voulez-vous que je vous prépare un café ou autre chose, monsieur le directeur ? demanda Marguerite, secrètement flattée de recevoir sous son toit la visite du propriétaire du journal que tous les habitants lisaient toujours avec intérêt.

— Volontiers, madame ! Si vous le voulez bien, nous aurons un entretien avec M. Cordier et, ensuite, nous descendrons vous rejoindre. Ne vous donnez pas la peine de monter à l'étage !

La vieille femme apprécia le ton aimable et distingué d'Eugène et se retira dans sa cuisine pour préparer un encas. Les deux hommes montèrent et s'enfermèrent dans la chambre. Antoine rapporta l'événement de la veille, ce cambriolage étrange survenant juste après son rendez-vous avec Louise Blanc.

— Tu as toujours la lettre en ta possession ? demanda Eugène, subitement inquiet.

— Bien sûr ! Je la garde sur moi en permanence.

Eugène parut soulagé. Pendant une bonne demi-heure, Antoine lui expliqua la situation. Il hochait la tête sans l'interrompre. Quand ils eurent fini de discuter, Eugène suggéra de descendre prendre le café dans la cuisine de sa charmante hôtesse. Antoine sourit. Toujours pressé, le patron du *Clairon* était attendu à Argentan et devrait rouler une partie de la nuit.

Marguerite avait préparé une belle table avec une nappe brodée, des tasses en porcelaine de Limoges et un café dont l'odeur subtile embaumait la pièce. Eugène apprécia beaucoup ce moment et en félicita la brave femme qui en rougit de plaisir. Tous les trois, ils échangèrent des propos en rapport avec l'histoire de la ville. Marguerite se réjouissait d'avoir à sa table des oreilles aussi sincèrement attentives et ne se priva pas d'en abuser sous l'œil amusé de son pensionnaire jusqu'au moment où Eugène dut se lever pour prendre congé. Il remercia l'hôtelière et serra la main d'Antoine avant de sortir de l'hôtel. La nuit s'était déjà installée. Antoine voulut remonter dans sa chambre. Il avait gravi les premières marches quand il entendit des coups frappés à la porte de la réception.

— Ne bougez pas, Marguerite ! J'y vais.

C'était Eugène qui semblait dépité.

— Que t'arrive-t-il ? Tu as oublié tes clés ?

Eugène fit non de la tête. Il prit Antoine par le bras et l'entraîna dehors. Quand il arriva devant la voiture, il ne remarqua rien de particulier. Seule la lumière du porche éclairait l'endroit où l'automobile était garée.

— Tu ne vois pas que mes quatre pneus ont été crevés ? s'exclama Eugène avec une pointe de colère dans la voix.

Antoine fit le tour du véhicule et constata avec stupeur que les pneus avaient été tailladés avec un outil tranchant. Eugène pesta un instant contre les voyous responsables de cet acte. Il comprit qu'il était inutile d'espérer une réparation immédiate et qu'il devait renoncer à partir dans l'Orne pour honorer son rendez-vous.

— Je peux téléphoner ? demanda-t-il, contrarié.

— Oui ! Rentrons !

Marguerite fut surprise de voir les deux hommes revenir. Pendant que son ami téléphonait dans la petite cabine, Antoine expliqua la situation à Marguerite qui porta ses mains devant sa bouche, consternée par cette nouvelle.

Eugène sortit de la cabine et demanda à l'hôtelière s'il y avait un garagiste dans le village. Heureusement, il y avait le garage du père Ferret à la sortie du village, mais à cette heure-ci, il était fermé.

— Je suis donc obligé de dormir ici, en conclut Eugène avec dépit.

Marguerite s'empressa de lui proposer une chambre, ce qu'il accepta volontiers. Le père Ferret fut contacté aussitôt. Il fut convenu qu'il viendrait s'occuper de la voiture dès le lendemain matin. Marguerite s'approcha du tableau des clés et en tendit une à Eugène.

— Vous serez dans la chambre voisine de celle de votre ami, dit-elle avec un large sourire.

— Vous êtes bien aimable, merci madame !

Le lendemain, le père Ferret arriva à la première heure pendant qu'Eugène et Antoine prenaient leur petit déjeuner sous l'œil attentif de Marguerite. Après avoir fait le tour du véhicule, le père Ferret déclara que les quatre pneus étaient fichus et qu'il fallait les changer. Il en possédait deux neufs en stock et allait se débrouiller pour en récupérer deux autres encore utilisables sur des épaves. Eugène fut rassuré de pouvoir reprendre la route au plus tard dans l'après-midi. Le garagiste affirma s'occuper de tout et laissa les deux amis finir tranquillement leur repas.

— Vas-tu porter plainte ? demanda Antoine.

Eugène répondit qu'il n'avait pas de temps à perdre. Il devait reprendre la route dès que possible, c'est-à-dire dès que le père Ferret aurait changé les pneus. Et cela ne tarda pas car, en fin de matinée, le mécanicien rapporta – non sans fierté – la clé de la Citroën à son propriétaire ravi qui lui régla immédiatement sa facture sans discuter. Marguerite insista pour partager avec les deux hommes son déjeuner. Eugène pourrait partir aussitôt après, ce qu'il accepta d'autant plus volontiers qu'il humait avec envie la bonne odeur s'échappant de la cuisine.

Pendant le repas, Antoine revint sur ces derniers événements : un cambriolage, la crevaison des pneus de la voiture d'Eugène dont personne ne pouvait ignorer qu'elle était celle d'un collaborateur du journal *Le Clairon*, puisque le nom était clairement indiqué sur la carrosserie avec son logo jaune et rouge. L'ex-curé connaissait suffisamment la commune et le caractère paisible de sa population pour s'interroger plus encore sur ces faits inhabituels. Sa présence et celle du patron du journal inquiétaient visiblement une personne du village qui n'avait pas intérêt à ce que soient livrées au public des révélations dérangeantes. Antoine et Eugène avaient évidemment un nom en tête, mais n'en parlèrent pas devant Marguerite.

Le repas fut apprécié par les deux amis qui félicitèrent Marguerite. Celle-ci, très touchée par ces compliments, se leva et se dirigea vers le vieux buffet d'où elle sortit une bouteille et trois verres minuscules. Elle posa les verres devant ses invités et versa avec précaution et respect un breuvage à la couleur de caramel.

— Goûtez-moi ça, messieurs !

Ils saisirent les petits verres et burent une première gorgée.

— Étonnant ! déclara Eugène. C'est quoi ?

Marguerite ne sortait cette bouteille que dans les grandes occasions. Ce liquide brun était du calva, mais pas n'importe lequel.

— Ce calva a 75 ans d'âge. Il vient de Céaucé, une petite commune rurale au sud de Domfront, dans l'Orne.

— C'est un véritable nectar, confia Eugène, rien à voir avec le calva qui sort de l'alambic. C'est presque une liqueur.

Marguerite sourit de plaisir. En vieillissant, l'alcool avait acquis une grande douceur sans plus aucun rapport avec la dureté d'un calva jeune qui vous arrache le palais et vous retourne souvent l'estomac. Son visage se teinta soudainement de tristesse quand elle raconta que cette bouteille avait été rapportée par Fernand après leur mariage. Ils finirent leurs verres et Eugène se prépara à partir, non sans recommander à Antoine de se montrer prudent et de le tenir au courant d'éventuels autres incidents. Dehors, la neige s'était remise à tomber. La voiture d'Eugène s'éloigna et disparut à l'angle de la mairie. Antoine travailla tout le reste de la journée.

Au petit matin, des bruits provenant du rez-de-chaussée réveillèrent Antoine. Il tendit l'oreille et reconnut la voix forte de Marguerite, ainsi que celle d'une autre femme, plus fluette et plus aiguë. Il n'y prêta pas plus d'attention et se prépara tranquillement à descendre, ses narines palpitant déjà de plaisir à l'odeur du café frais. Quand il entra dans la cuisine, il découvrit que cette petite voix était celle d'Henriette. Elle le salua aimablement, s'excusant d'avoir fait du bruit et de l'avoir réveillé aussi tôt. Henriette était emmitouflée dans un chaud manteau, elle portait des bottes et un bonnet qui cachait ses longs cheveux. Elle était ravissante. Dehors, une lumière froide mais intense attira le regard d'Antoine. Le village était de nouveau recouvert de neige.

— Asseyez-vous ! dit Marguerite, je vous sers votre café.

L'hôtelière saisit un gros paquet posé sur la table pour le déplacer à côté du four. Elle expliqua, en versant le café, que la petite lui avait apporté une dinde car, au cas où il l'aurait oublié, demain c'était Noël.

— Et nous allons réveillonner ensemble, pas vrai, ma belle ?

— Oui, comme nous le faisons tous les ans.

— Vous êtes évidemment invité vous aussi, reprit Marguerite.

Antoine n'eut pas le temps d'ouvrir la bouche que Marguerite considéra qu'il était d'accord. Elle expliqua qu'Henriette, tout comme elle, n'avait plus de famille et que Noël était une occasion à saisir pour partager un bon moment. Antoine trouva cela très touchant et accepta volontiers cette invitation. Lui non plus n'avait pas de famille et le dernier Noël qu'il avait partagé remontait à bien longtemps. Henriette lui sourit, heureuse de cette perspective. Il fit remarquer aux deux femmes qu'il y avait dans le village une autre personne qui allait passer la fête de Noël seule. Marguerite porta la main devant sa bouche. Antoine avait raison.

— C'est vrai, petite ! Il faut inviter André. Sa maison doit être bien vide depuis l'hospitalisation de sa mère. Passe le voir et dis-lui qu'on l'attend pour le réveillon. Heureusement que le pauvre gamin se fait aider sur la ferme par un ouvrier agricole.

Henriette promit à Marguerite de le contacter le matin même. Ensuite, elle interrogea Antoine sur la venue des gendarmes et la crevaison des pneus de la voiture d'Eugène. Antoine répondit de façon évasive. Il en était au point de se demander s'il ne devrait pas quitter le village pour éviter d'autres soucis de ce genre. Sa présence à Hauteville gênait, c'était incontestable.

— Et vous connaissez les auteurs de ces… désagréments ? demanda l'institutrice.

— Je crois, oui, mais sans aucune preuve.

Henriette resta muette quelques instants. En rougissant, elle se décida à poser une question qui la tourmentait :

— Vous n'allez pas partir ?

Antoine la regarda intensément.

— Je ne sais pas, peut-être.

La jeune femme ne parut pas satisfaite de cette vague réponse – une réponse de Normand – mais elle se reprit avec un beau sourire, en disant qu'en tous les cas, il devait faire honneur à la dinde de Marguerite. Il le lui promit, troublé par ce regard pur où se lisait une joie sincère presque enfantine.

14

Un bruit sur la place attira l'attention d'Antoine. Il se leva de la table où il continuait de taper à la machine les feuillets de son histoire, à moins que ce ne soit l'ébauche de l'article qu'Eugène attendait. En regardant par la fenêtre, il vit la carriole des frères Thuaud tirée par leur cheval, immobile devant l'entrée de l'hôtel. Le chargement était constitué de sapins. Antoine se rappela que ce soir du 24 décembre, il réveillonnait avec Marguerite, Henriette et André. L'un des bûcherons livrait à domicile le sapin traditionnel qu'il venait de couper dans la forêt voisine et que Marguerite lui avait commandé, en tenant compte de l'exigence des gens qui souhaitent absolument réussir une fête aussi importante que Noël. Elle supervisait d'ailleurs avec attention l'acheminement de l'arbre dans l'hôtel.

Quand Thuaud demanda où placer le sapin d'une hauteur respectable, Marguerite lui indiqua la cuisine. C'était la pièce où elle allait recevoir ses invités. En quelques minutes d'efforts, l'homme positionna le sapin dans un angle et le stabilisa solidement. Marguerite était aux anges. L'arbre était magnifique et elle félicita Thuaud de l'avoir trouvé. Ce dernier l'embrassa en lui souhaitant un beau réveillon, puis il partit continuer ses livraisons. Il y avait toujours des retardataires qui attendaient le dernier moment pour acheter leur sapin et il n'était pas question de les en priver.

Thuaud grimpa sur sa carriole, desserra le frein et cria l'ordre d'avancer à son cheval, les rênes tenues fermement dans ses mains. Aussitôt, l'animal obéit et la charrette s'ébranla, laissant dans la neige les traces parallèles de ses roues cerclées de fer.

Antoine entendit la voix d'Henriette, qui était déjà arrivée pour aider Marguerite à préparer le réveillon. Les deux femmes se réjouissaient de cette fête car, pour l'une comme pour l'autre, c'était la première fois qu'elles renouaient avec la tradition. Henriette sortit le carton qui contenait les décorations de Noël et entreprit d'en décorer le sapin avec l'enthousiasme qui fut toujours le sien à cette période de l'année. Boules, guirlandes scintillantes, figurines d'angelots, étoiles, l'arbre se couvrait peu à peu de magie. Pendant ce temps, Marguerite s'affairait aux fourneaux tout en observant du coin de l'œil la joie enfantine d'Henriette. Cependant, elle ne pouvait s'empêcher de penser en soupirant que la jeune femme aurait été une épouse parfaite pour son Adrien. Mais l'heure n'était plus aux regrets. Elle se concentra sur la cuisson de la dinde. Quand Antoine descendit pour proposer ses services, il fut littéralement expulsé de la cuisine par les deux femmes qui tenaient à ne pas être dérangées. Un homme en cuisine, c'était, selon Marguerite, une calamité. Henriette ne put s'empêcher de rire en voyant Antoine battre en retraite.

20 heures arrivèrent. Antoine entendit les appels d'Henriette au bas de l'escalier, lui demandant de la rejoindre dans la cuisine de Marguerite.

— J'arrive ! répondit-il, surpris de cette heure avancée.

En effet, il avait travaillé longtemps sans avoir vu le temps passer. Pour l'occasion, il revêtit une chemise blanche et une veste bleue. Il tenait à faire honneur à ses hôtesses. Il descendit l'escalier et entra dans la cuisine. Pour lui qui n'avait connu, ces dernières années, que des Noëls militaires, ce qu'il découvrit lui procura un énorme plaisir. Le sapin magnifiquement décoré occupait une bonne partie de la pièce, Marguerite avait mis les petits plats dans les grands sur une table impeccablement dressée. De chaque côté des assiettes brillaient les couverts en argent. Pas moins de trois verres en cristal de différentes tailles s'alignaient devant chaque convive ; dans le plus grand, une serviette rouge était soigneusement roulée. Marguerite et Henriette s'amusèrent du « oh ! » admiratif de leur invité.

— C'est merveilleux, dit-il enfin.

Tous ses sens étaient en éveil, ses yeux brillaient de lumière, son odorat frémissait sous les effluves de plats aux parfums subtils. Marguerite et Henriette, son assistante appliquée, avaient fait des miracles culinaires. « Des miracles ? Voyez-vous ça ! » se moqua la jeune institutrice.

— Regardez ! dit-elle. En plus, nous avons un Noël sous la neige.

De gros flocons tournoyaient dehors. Henriette observait avec bonheur leur danse légère et fragile debout devant la fenêtre. Antoine s'approcha d'elle et contempla lui aussi ce paisible spectacle d'autant plus agréable qu'une douce chaleur emplissait la pièce alors que le froid régnait au-delà de ces murs.

Quelqu'un frappa à la porte. André apparut vêtu d'un chaud manteau doublé de laine de mouton, d'un bonnet et d'une écharpe presque blancs de neige. Il avait dû venir à pied de la ferme, car sa voiture avait refusé de démarrer.

Marguerite lui montra dans le hall de réception l'endroit où il pouvait accrocher ses vêtements mouillés et lui donna les vieux chaussons de Fernand. Le jeune homme remercia l'hôtelière de son invitation qui l'avait touché. Il embrassa Henriette maladroitement, puis serra la main d'Antoine.

— Bienvenue, mon garçon, dit Marguerite, heureuse. Tu ne regretteras pas d'être venu.

Cette prédiction se révéla exacte, car la soirée se passa dans une bonne humeur partagée par les quatre convives, même si une ombre de tristesse fugitive apparut quand André annonça qu'il avait appelé l'hôpital de Falaise la veille, au bureau de la poste. Le médecin lui avait annoncé que l'état de sa mère était préoccupant. Elle était tombée dans un coma profond qui laissait peu d'espoir. Il était inutile de venir à son chevet dans une telle situation.

« Essayez de passer de bonnes fêtes ! » lui avait conseillé le docteur. Et c'est ce qu'André avait l'intention de faire avec ses trois amis, ce soir-là.

Marguerite et Henriette avaient préparé un véritable festin. Le vin venait de la cave personnelle de Fernand. C'était un vin de Loire léger que tous dégustèrent avec gourmandise. Devant la dinde encore ruisselante et dorée, les exclamations de joie emplirent la petite cuisine d'une chaleur contrastant avec le froid mordant qui régnait dehors. Antoine regretta l'absence de souliers sous le sapin. Marguerite fit remarquer qu'il n'y avait pas d'enfants ici. Elle ajouta avec malice « Du moins, pas encore ! » On ne se partagerait pas de cadeaux, mais peu importait, Marguerite déclara avoir déjà le sien, un cadeau inestimable. Ses trois invités attendirent qu'elle précise sa pensée, car aucun paquet enrubanné ne se trouvait dans la pièce. Marguerite éclata de rire en voyant les visages interrogateurs de ses hôtes.

— Mais, mon cadeau, c'est vous, dit-elle en remplissant les verres de vin. Ça fait si longtemps que je n'ai plus célébré Noël ! Alors, de vous avoir tous les trois chez moi, autour de ce sapin magnifique, ça me remplit de bonheur.

Ils levèrent tous leur verre, émus par une telle déclaration.

Après la bûche, Marguerite sortit sa fameuse bouteille de calva de 75 ans d'âge, car l'occasion, à ses yeux, était vraiment exceptionnelle.

Dehors, la neige ne cessait de tomber. Il était déjà tard quand les cloches de l'église se mirent à tinter. C'était l'heure de la traditionnelle messe de Minuit. Le curé appelait ainsi ses paroissiens à venir le rejoindre dans la maison de Dieu pour fêter la naissance du Christ. Antoine fut le premier à percevoir le son de la cloche. Marguerite se leva, car il était temps d'aller prier, et elle ne voulait pas manquer ce moment unique où tous les habitants du village se retrouvaient réunis dans la petite église de Hauteville. Si elle avait été privée de réveillons ces dernières années, en revanche, elle n'avait jamais raté la messe de Noël. Antoine sourit, car il se rappelait que la famille Lenain au grand complet était toujours dans les premiers rangs ces soirs-là.

Ils se vêtirent tous chaudement avant de sortir de l'hôtel. Sur le manteau blanc qui recouvrait la place, des silhouettes noires convergeaient vers l'église dont la porte s'ouvrait de temps à autre, laissant jaillir pendant un bref instant des rais de lumière. Antoine aimait vraiment cette soirée de partage et de communion. Quand il était enfant, il avait passé des heures à contempler un petit tableau pas plus grand qu'une carte postale sur lequel figurait, au beau milieu d'un paysage de neige, une petite église solitaire sous un ciel clouté d'étoiles. Des silhouettes humaines se découpaient sur la neige qui toutes se dirigeaient vers l'entrée lumineuse de l'église. Ce petit tableau avait probablement été pour quelque chose dans l'espoir qu'il mit en Dieu plus tard. Il ne s'en était jamais séparé, même quand il avait troqué sa soutane contre l'uniforme de la Royal Air Force dont il aimait la devise, « Per ardua ad astra », que l'on pourrait traduire par « Aux astres par les voies les plus difficiles ».

Tout le monde était au rendez-vous et l'église était pleine à craquer. Antoine et ses compagnons de réveillon étaient debout dans les premiers rangs. L'ex-curé de la ville avait été salué par de nombreux fidèles, ce qui le toucha au plus haut point. Le père Raymondin, debout devant l'autel, accueillit avec simplicité et une joie sincère ses paroissiens prêts à entendre la parole du Seigneur. Sa voix grave s'éleva jusque dans les voûtes de l'édifice et personne ne fit plus le moindre bruit. Le curé appela son auditoire à un moment de prière destiné à une femme que tous connaissaient et appréciaient.

— C'est une mère qui, en ce moment, lutte contre une terrible maladie sur son lit de douleur. Je vous demande de prier avec moi pour elle, pour son fils André, qui est parmi nous ce soir. Prions pour notre amie Louise.

Le père Raymondin commença à réciter une prière, la tête baissée, ses deux mains jointes, et tous les fidèles l'imitèrent dans un bourdonnement où se mêlaient les voix jeunes et les voix les plus basses. André ne put empêcher une larme de couler de ses yeux. Henriette le regardait avec compassion, émue elle aussi par autant de douleur et d'angoisse.

Ensuite, le père Raymondin, après avoir remercié ses ouailles, commença la célébration de la naissance de Jésus. Les cantiques succédèrent aux lectures de passages de la Sainte Bible et malgré le froid qui régnait dans l'église, personne ne semblait grelotter.

Quand arriva la fin de la cérémonie, les fidèles se levèrent et commencèrent à sortir de l'église sans aucune précipitation, sans bousculade, comme pour continuer à jouir de la paix divine qui était descendue sur eux pendant ces quelques instants privilégiés. Beaucoup vinrent chuchoter des paroles de soutien et d'encouragement à l'oreille d'André ; d'autres, sans dire un mot, se contentèrent de poser leur main sur son épaule. André remercia toutes ces personnes avec humilité et reconnaissance d'avoir demandé à Dieu le salut de l'âme de sa mère.

Sur la grand-place, les gens se séparaient pour regagner leurs foyers respectifs. Henriette souhaita rentrer aussi, car il se faisait tard. « La vaisselle attendra demain », dit-elle à Marguerite qui approuva. Ils étaient tous fatigués et aspiraient à un sommeil réparateur. André proposa à Henriette de la raccompagner chez elle, devançant ainsi Antoine qui n'aurait pas laissé une jeune fille rentrer seule dans la nuit, même si l'école était toute proche. Il se contenta de dire à André que c'était une bonne initiative. Quant à lui, il rentrerait à l'hôtel avec Marguerite. Ils se séparèrent donc devant l'église, partant deux par deux dans des directions différentes. Bientôt, André et Henriette disparurent dans l'obscurité neigeuse.

Au beau milieu de la place, Antoine, au bras duquel s'accrochait Marguerite, rencontra Ferchaud et sa femme. Le maire aborda Antoine avec bonhomie pendant que les deux femmes s'embrassaient. Ses joues étaient rouges sans que l'on puisse affirmer que le froid seul était à l'origine de cette couleur. Ferchaud regretta tout d'abord ce qu'il appelait ces « fâcheux incidents » qui gravitaient, selon lui, autour de la personne d'Antoine. Un cambriolage, la crevaison des pneus de la voiture du journaliste, cela faisait beaucoup pour une commune habituellement si paisible.

— Je vais finir par croire, continua Ferchaud avec une ironie qui n'échappa pas à son interlocuteur, que votre présence ici n'est pas appréciée de tout le monde. Peut-être vaudrait-il mieux que vous quittiez la ville. Entendons-nous, c'est pour votre sécurité, je ne voudrais pas qu'il vous arrive quelque chose de…

— De fâcheux ? répliqua Antoine, agacé par la menace qu'il avait nettement perçue dans ces phrases anodines.

— Hé, ne montez pas sur vos grands chevaux. Moi, ce que j'en dis, c'est pour votre bien, c'est tout.

Antoine arrêta Ferchaud en lui prenant le bras et en lui faisant face, plantant son regard clair dans ses yeux globuleux.

— J'ai une mission à remplir, monsieur le maire, et rien ni personne ne m'en détournera. C'est juste une question de temps.

Les deux femmes avaient continué leur chemin dans la neige et se trouvaient maintenant devant l'entrée de l'hôtel. Ferchaud ne répondit rien et détourna la tête pour éviter ce regard dont il ne parvenait pas à supporter l'intensité. Ils se remirent en marche et changèrent de sujet de conversation. Ferchaud se félicita de l'excellente prestation du père Raymondin lors de cette cérémonie religieuse au cours de laquelle le prêtre avait rendu hommage à la pauvre Louise.

Antoine approuva. En quelques pas, les deux hommes rejoignirent Marguerite et Mme Ferchaud. Là, devant le porche, ils se séparèrent. Machinalement, Antoine porta la main dans la poche intérieure de son manteau pour s'assurer que la lettre de Louise s'y trouvait toujours. Puis il suivit Marguerite, l'embrassa, la remerciant de ce délicieux réveillon avant de regagner sa chambre.

15

Le garde champêtre attrapa son képi et enfila son manteau accroché à une patère dans le hall de la mairie où il tenait une permanence. Il sortit rapidement dans la rue où le froid le happa aussitôt. Ses larges moustaches en frissonnèrent. Il se mit en marche, renonçant à utiliser sa bicyclette, car la neige avait tout recouvert d'une couche épaisse. Le village était encore endormi. Beaucoup avaient dû veiller tard la nuit précédente à l'occasion du réveillon. Perrin remonta son col et prit la direction de la ferme des Blanc. La neige crissait sous ses pas, imprimant la trace de son passage, mais l'homme avançait avec la détermination de ceux qui ont un devoir à assumer, quelle qu'en soit la teneur. Ce matin-là, le téléphone de la mairie avait sonné de bonne heure, ce qui étonna le garde champêtre. Habituellement, les lendemains de fête étaient calmes et cet appel ne présageait rien de bon. Après avoir raccroché le combiné, Perrin n'eut d'autre solution que d'aller rencontrer celui à qui cet appel était destiné.

Il arriva devant la ferme des Blanc, dont les volets étaient encore fermés, et pénétra dans la cour encadrée de part et d'autre par de vastes hangars où le matériel était entreposé. Perrin frappa à la porte. Personne ne répondit. Il insista en frappant plus fort et entendit enfin un bruit. Quelques secondes plus tard, la porte s'ouvrit et André apparut, les yeux encore pleins de sommeil et les cheveux en bataille. Cette visite inattendue du garde champêtre le surprit tout d'abord, mais il comprit rapidement de quoi il s'agissait en voyant son expression embarrassée. Perrin était un homme simple et trouver les mots pour annoncer une nouvelle aussi pénible lui demandait un réel effort. Aussi fut-il soulagé quand André lui demanda :

— C'est Maman ?

Il hocha la tête avec une sincère tristesse. L'hôpital de Falaise lui avait annoncé le décès de Louise à l'instant. Elle n'avait pas souffert. Elle s'était éteinte doucement, emportée dans son sommeil. André eut les larmes aux yeux. Il remercia Perrin et l'invita à entrer pour prendre un café. Ainsi, pendant qu'il faisait la fête chez Marguerite, sa mère quittait ce monde. Il se sentit coupable d'avoir éprouvé du plaisir à partager ce repas de fête alors que sa mère mourait seule dans cet hôpital. Perrin tenta d'atténuer la souffrance du jeune garçon en lui affirmant qu'il n'avait rien à se reprocher, que c'était la volonté de Dieu et que Louise ne souffrirait plus désormais. Pour elle, c'était une délivrance et il devait s'en réjouir. Les paroles maladroites mais sincères du garde champêtre apaisèrent la douleur d'André.

— On savait tous que ça finirait comme ça, ajouta Perrin en tenant dans ses deux mains la tasse de café brûlant.

André hocha la tête. Il fallait bien que ça arrive, bien sûr. Depuis longtemps, il ne croyait plus aux miracles, mais il avait pourtant imploré le ciel tous les jours. Hier soir encore… À moins que Dieu n'ait entendu la prière des habitants de la commune réunis pour cette messe et que la seule réponse qu'il puisse donner était de rappeler Louise auprès de lui.

— C'est ça, sûrement, dit Perrin, c'est la volonté de Dieu.

Perrin salua André sur le perron de la ferme et repartit prendre sa permanence à la mairie. André se prépara à sortir. Comme il l'avait promis à sa mère, il devait informer Antoine de son décès. Il revêtit sa veste épaisse en mouton et enfila ses bottes. Son ouvrier était déjà au travail dans l'étable où il devait traire les vaches. André alla le saluer, puis il fila vers l'hôtel.

Plongé dans la rédaction de ses mémoires, Antoine sursauta aux coups frappés à sa porte. Il pensa d'abord à une visite de Marguerite, mais fut surpris de se trouver face à André. Marguerite était en bas de l'escalier et tendait le cou vers le haut afin de s'assurer qu'Antoine était bien là. Quand elle vit la porte s'ouvrir, elle s'éclipsa discrètement et regagna sa cuisine. Antoine accueillit André avec jovialité, mais sa joie et son sourire disparurent rapidement quand il vit les traits douloureux de son visage. Il comprit immédiatement que Louise s'était éteinte. Antoine tendit les bras et prit André par le cou en le tirant doucement contre lui. Ils restèrent ainsi quelques instants, incapables ni l'un ni l'autre de parler. Après cette étreinte, Antoine prononça quelques paroles pour apaiser la douleur du jeune homme. Retenir son chagrin exigeait de la part de ce dernier un effort énorme, mais les mots d'Antoine lui firent du bien.

— Elle ne s'est pas réveillée ce matin, se contenta-t-il de dire dans un souffle de souffrance qui faisait trembler sa voix.

Antoine eut mal pour lui, lui qui avait perdu sa sœur, son père et qui venait de perdre celle qui avait été l'âme de sa famille pendant toutes ces années. Bien plus, Louise avait été une figure incontournable de cette commune où tout le monde l'avait appréciée, et qui connaissait chacun de ses habitants. Elle avait partagé avec eux les bons et les mauvais moments avec courage. Son départ de la mairie pour cause de santé avait fortement inquiété Ferchaud, qui s'était toujours reposé sur le sérieux et la rigueur de sa secrétaire.

Antoine posa ses mains sur les épaules d'André. Il allait s'occuper de tout avec l'hôpital et le père Raymondin pour offrir à Louise une inhumation digne de la femme qu'elle était. Ainsi, elle pourra reposer auprès de son mari et de sa fille. André hocha la tête en guise de remerciement. Il ne se sentait pas la force d'affronter seul de nouveau une réalité aussi cruelle.

De l'étage, ils entendirent la porte d'entrée de l'hôtel s'ouvrir. Une voix gaie et féminine s'adressa à Marguerite :

— Bonjour, Marguerite, je viens vous aider pour la vaisselle.

Henriette se débarrassa de son manteau qu'elle accrocha au bas de l'escalier. Quand elle leva la tête, elle vit les deux hommes et se figea de surprise tant l'expression des deux visages était celle d'une profonde tristesse. Du fond de sa cuisine, Marguerite l'invita à entrer, car il y avait fort à faire. Henriette eut un sourire forcé où se lisait la compassion, puis elle disparut pour rejoindre son amie.

L'inhumation eut lieu deux jours plus tard dans la petite église où l'on avait tant prié pour Louise. Le père Raymondin avait réuni une bonne partie des habitants autour du cercueil de la malheureuse. André était abattu. Antoine et Henriette le soutinrent tout au long de la cérémonie. Le plus difficile pour ce nouvel orphelin fut la mise en terre du corps de sa mère. Devant la fosse, il s'écroula de chagrin.

La mairie avait invité à un vin d'honneur toutes les personnes qui souhaitaient rendre un dernier hommage à l'ex-secrétaire. Ça devait se passer le soir dans la salle des fêtes qui, pour l'occasion, portait bien mal son nom.

Tous avaient répondu à l'invitation du maire à partager ce moment où régnait une émotion retenue et silencieuse. Malgré la foule, on n'entendait pas de rires, pas d'éclats de voix. Les gens chuchotaient comme pour marquer le respect qu'ils portaient à la défunte et à la douleur d'un fils.

Cette réunion se prolongea jusqu'à ce que la nuit tombe. Antoine n'avait pas quitté André des yeux, heureux de constater que la jeune institutrice le soutenait elle aussi. Il pensa que, maintenant, il pouvait envisager de publier son article dans le journal, conformément à la promesse qu'il avait faite à Louise. Le papier était prêt à partir à la rédaction depuis longtemps et il possédait toujours dans sa veste le précieux témoignage écrit.

Ferchaud, un verre à la main, discutait avec quelques-uns de ses administrés, mais observait d'un œil inquiet le groupe de personnes qui soutenaient André.

Vint enfin le moment de la séparation. Tout le monde prit congé, quittant la salle après avoir salué une dernière fois André en lui adressant des paroles de soutien. Par petits groupes, chacun regagnait son foyer. Après avoir laissé Henriette devant la grille de l'école et accompagné Marguerite jusqu'à l'hôtel, Antoine et André poursuivirent le chemin jusqu'à la ferme. Ils s'étreignirent une dernière fois, puis Antoine revint seul vers la grand-place en faisant crisser la neige sous ses pas.

Il arrivait dans une petite rue étroite non loin de la gare quand il sentit un choc violent sur sa nuque. Il perdit connaissance et tomba sur le sol, la tête enfouie dans la neige. Deux silhouettes d'hommes s'affairèrent autour de lui, fouillant ses poches avec fébrilité. L'un des agresseurs était de grande taille. Antoine distinguait les bruits et vit une main énorme s'introduire dans son manteau. Sur cette main, il aperçut fugitivement une chevalière en argent sur laquelle étaient gravées deux lettres entrelacées qu'il ne parvint pas à lire. Puis, quand ils eurent fini, les deux hommes s'évanouirent dans la nuit sans avoir prononcé le moindre mot. À cette heure-ci, la rue était déserte. En outre il faisait froid et la neige continuait de tomber doucement. Antoine resta inconscient pendant quelques longues minutes. Le froid et une douleur à la tête le tirèrent de son état d'inconscience. Il se releva péniblement, portant instinctivement sa main à sa nuque. Un liquide chaud coulait dans son cou. Il comprit qu'il saignait. Il regarda autour de lui, mais ne remarqua rien ni personne. Des rôdeurs, des bandits, pensa-t-il. C'est alors qu'il s'inquiéta du motif de cette agression. On avait voulu le voler. Nerveusement, il explora le contenu de ses poches. Tout avait l'air d'être en ordre, ses clés, ses papiers d'identité. Il ne manquait rien, mais il poussa un cri quand il s'aperçut que la lettre de Louise qu'il gardait jalousement sur lui avait disparu.

Titubant dans la nuit comme un homme ivre, Antoine parvint à regagner l'hôtel malgré la douleur ressentie. Il entra dans le hall et glissa sur le carrelage. Dans sa chute, il agrippa le porte-manteau qui bascula et vint heurter le sol. Inquiète de ce bruit, Marguerite accourut et mit ses mains devant sa bouche en découvrant le spectacle d'un homme à terre.

— Antoine ? demanda-t-elle, incrédule. Mais, mon Dieu, que vous est-il arrivé ? Vous avez bu ?

Antoine releva la tête et expliqua la situation. La brave femme remarqua aussitôt le sang qui avait coulé dans le cou de son pensionnaire. Celui-ci parvint à se redresser et à se remettre sur pied.

— Venez par ici, dit Marguerite, je vais nettoyer votre blessure.

Elle l'entraîna dans sa cuisine et sortit une boîte en fer dans laquelle se trouvait un nécessaire de pharmacie. Par précaution, elle appela le docteur Langeard qui arriva peu après. Le médecin inspecta la plaie et palpa le cou d'Antoine. Heureusement, les cervicales n'ont pas souffert et la plaie est assez superficielle. Un bon pansement et tout rentrerait dans l'ordre dans quelques jours. Antoine remercia le docteur, s'excusant d'avoir dû le déranger si tard.

— Bah, s'écria Langeard en rangeant ses instruments dans sa mallette en cuir, je fais un métier de bagnard, vous savez, mais je dois dire que j'aime ça. Passez une bonne nuit et n'hésitez pas à m'appeler si vos douleurs ne s'atténuent pas, auquel cas il faudra faire une radio.

Le docteur repartit dans la nuit et sous la neige. Antoine remonta dans sa chambre et s'allongea sur son lit, la tête enrubannée d'un pansement.

À peine levé, Antoine s'empressa de prévenir Eugène de l'agression dont il avait été victime la veille. Il lui annonça que la lettre de Louise lui avait été dérobée et que cela lui causait bien des soucis. Il ne pourra pas faire paraître l'article sur lequel le patron du journal comptait. Bien plus, il se demandait maintenant si sa présence à Hauteville était encore souhaitable. Tous ces événements tendaient à prouver que sa sécurité était menacée. Quand il prononça dans le téléphone le mot « menacée », il pensa aussitôt à

Ferchaud et à la conversation qu'ils eurent en revenant de la messe de minuit.

— Antoine ? Tu es toujours là ? demanda la voix inquiète d'Eugène.

Eugène recommanda à Antoine de partir. Tant pis pour l'article ! Il aurait d'autres occasions de rédiger un bon papier. Les histoires de guerre ne manquaient pas dans la région. Antoine ne répondit pas immédiatement, laissant parler son patron. Puis il lui déclara devoir rendre visite à quelqu'un avant de prendre la décision d'un départ. Il promit de le rappeler dans les jours suivants, puis ils raccrochèrent.

Les douleurs s'étant bien atténuées, il se prépara à sortir. En quelques enjambées, il se trouva devant le perron de la mairie qu'il gravit et poussa la porte d'entrée. Mlle Gentil salua son visiteur avec courtoisie, lui demandant l'objet de sa visite.

— Je veux voir Ferchaud, dit-il.

— C'est que monsieur le maire est dans son bureau en rendez-vous avec une personne.

— Ce n'est pas grave. J'attendrai qu'il ait fini. Je vais m'asseoir dans un coin.

— Comme vous voulez.

Antoine n'attendit pas longtemps, car il entendit bientôt les pas de quelqu'un qui descendait l'escalier. Un homme traversa le hall et sortit en saluant. Antoine se leva et sans attendre l'autorisation de la secrétaire monta jusqu'au bureau de Ferchaud.

Celui-ci consultait avec attention des documents étalés devant lui. Quand il vit entrer Antoine dans son bureau, il marqua un temps d'arrêt, puis, se reprenant vite, se leva de son siège en tendant la main vers son visiteur. Le maire regardait avec intensité le pansement sur la tête d'Antoine.

— Que vous est-il arrivé ? demanda-t-il avec un air étonné.

— Comme si vous ne le saviez pas, répliqua-t-il d'un ton sec.

— Je… je ne comprends pas.

— Ne me prenez pas pour un imbécile, Ferchaud.

En colère devant cette innocence de façade, Antoine s'assit devant le maire et lui expliqua savoir que son fils Augustin était le coupable du meurtre de l'officier Hartmann et le responsable de l'exécution des quinze otages.

Ferchaud tenta de disculper son fils sans véritable conviction. Et pour cause, il avait lui-même interdit à son fils de se dénoncer à la police allemande. De plus, il savait qu'Antoine était forcément au courant.

— Vous savez que c'est la vérité, puisque vous avez commandité mon agression dans le but de supprimer la preuve de la culpabilité d'Augustin.

— C'est une accusation grave. Pourquoi ne demandez-vous pas à votre témoin de rédiger une autre lettre ? déclara le maire avec un demi-sourire où se lisait une ironie et un cynisme froid.

Antoine serra les poings, car Ferchaud ne pouvait plus ignorer que le témoin n'était autre que Louise et que celle-ci reposait désormais dans le cimetière de la ville. Pris de colère, il promit à Ferchaud de faire éclater la vérité par tous les moyens.

Pendant que les deux hommes s'expliquaient dans le bureau du maire, Augustin arriva à la mairie, salua Mlle Gentil qui lui indiqua que son père était en entretien. Augustin en prit bonne note. Il attendrait son tour dans la salle voisine du bureau du maire. Il monta l'escalier. Par la porte entrebâillée, il entendit des éclats de voix. Il reconnut celles de son père et d'Antoine. Sans faire de bruit, il écouta la conversation et fut pris d'une indicible panique. Antoine allait tout dévoiler. Il se vit déjà devant un tribunal, en prison, haï de tous les gens du village. Son père lui avait recommandé de quitter Hauteville et il s'apprêtait à le faire. Mais tout se brouillait dans sa tête. Sans plus réfléchir, Augustin dévala l'escalier, passa en courant dans le hall à la grande surprise de la secrétaire et traversa la place à toutes jambes.

Peu après, Antoine sortit à son tour de la mairie et se dirigea, l'air sombre, vers l'hôtel de la mère Lenain sous le regard satisfait de Ferchaud, dont le visage rougeaud apparaissait derrière une fenêtre du premier étage d'où il voyait la grand-place dans son intégralité. Il sourit puis retourna s'asseoir tranquillement à son bureau.

16

Après qu'Antoine était sorti de la mairie, Ferchaud saisit son téléphone. Il lui fallait appeler son fils d'urgence, car son départ ne s'imposait plus. La preuve que le journaliste possédait n'existait plus, et son témoin non plus.

Une voix d'homme se fit entendre à l'autre bout du fil. C'était celle du chef de gare, Louis Gentil, le père de sa secrétaire. Gentil reconnut aussitôt la voix de son correspondant.

— Ah, bonjour, monsieur le maire. En quoi puis-je vous être utile ? demanda Gentil.

— Je voudrais parler à Augustin. Pouvez-vous me le passer, s'il vous plaît ?

Gentil lui demanda de patienter un instant. Il avait vu Augustin ce matin. Le garçon devait prendre le train dans une heure. Ferchaud attendit en tapotant nerveusement des doigts sur son bureau. Enfin, Gentil reprit le combiné.

— Désolé, monsieur, je ne le trouve nulle part. Pourtant, il a laissé une valise sur la chaise de son bureau. Je pense qu'il va revenir pour prendre son train.

— Très bien ! Quand vous le verrez, dites-lui de venir me voir et surtout qu'il ne prenne pas ce train. Je lui expliquerai.

— C'est entendu, monsieur le maire. Je vais laisser un mot sur sa valise au cas où.

Ferchaud raccrocha le téléphone avec une expression contrariée. Où pouvait être son fils ? Était-il allé embrasser sa mère avant de partir ? Il se leva et attrapa son manteau et son chapeau.

Dans sa chambre d'hôtel, Antoine regroupait ses quelques affaires qu'il serra dans sa valise. Rester à Hauteville n'était plus nécessaire, désormais. Il avait décidé de rentrer chez lui, à Caen, avec le sentiment désagréable d'avoir failli à sa mission. Il se refusait toujours à utiliser les aveux du coupable reçus en confession pour justifier la diffusion de son article dans le journal. Même s'il n'était plus prêtre, il respectait la fonction qui fut la sienne et les engagements qu'il avait pris envers l'Église et ses paroissiens. Renoncer à écrire cet épisode douloureux de l'histoire hautevillaise était la seule décision qui lui était permise de prendre. Il allait partir avec beaucoup de regrets, comme ce jour de juin 1940 où il prit la route de l'Angleterre pour affronter la barbarie nazie.

Pendant qu'Antoine faisait sa valise, Marguerite préparait le déjeuner dans sa cuisine. Elle tendit l'oreille quand elle entendit s'ouvrir la porte d'entrée de l'hôtel. Elle essuya ses mains sur son tablier et sortit de la cuisine afin de voir qui était ce visiteur. Elle eut la surprise de se trouver face à un des gamins du village. Le garçon était vêtu chaudement, un bonnet bleu sur la tête et une écharpe autour du cou.

— Oh, petit, que fais-tu là ? demanda Marguerite.

Le gamin sortit ses mains de ses poches et montra une enveloppe blanche.

— B'jour, m'dame, dit-il, c'est pour le père Antoine, il faut que je lui donne ça en mains propres. C'est important.

— Euh, bon, d'accord ! Il est dans sa chambre. Tu peux monter le voir. C'est en haut de l'escalier, la première porte à droite.

— Merci, m'dame ! dit le gamin en s'élançant dans l'escalier sans attendre.

Marguerite resta un instant au bas des marches. Elle entendit les coups frappés à la porte d'Antoine qui s'ouvrit aussitôt. Puis elle regagna sa cuisine.

Antoine fut surpris de découvrir son petit visiteur. Le gamin lui dit bonjour et, sans hésiter, lui tendit l'enveloppe.

— C'est pour vous, dit-il.

— Pour moi ? Mais qui t'a demandé de me la donner ?

— Ben, c'est le type de la gare, répondit l'enfant comme s'il s'agissait d'une évidence. Le fils du maire, quoi !

Antoine comprit que l'auteur de ce courrier ne pouvait être qu'Augustin. Il interrogea le petit messager, lui demandant si le fils du maire lui avait dit quelque chose de particulier. Le gamin répondit par la négative. Augustin lui avait seulement demandé de remettre cette lettre au père Antoine qui habite à l'hôtel de la mère Lenain. Il lui avait même donné une pièce pour la commission qu'il montra fièrement à Antoine en la sortant de sa poche.

— Et où est-il, Augustin ? continua Antoine.

— Je sais pas, moi, m'sieur ! Je l'ai rencontré devant l'école, il m'a donné la lettre et puis, après, j'ai traversé la place en courant pour venir ici.

Antoine remercia l'enfant, lui remit une pièce de monnaie et lui dit de se sauver. Le gamin, heureux, redescendit l'escalier et sortit de l'hôtel en courant pour rejoindre ses copains.

Resté seul dans sa chambre, Antoine était intrigué par ce courrier. L'enveloppe était soigneusement fermée et son nom y avait été écrit en lettres maladroites. « Pour le père Antoine », lut-il à haute voix. Il ouvrit le pli avec précaution et en sortit un unique feuillet. Assis sur le bord de son lit, il en commença la lecture, curieux de ce qu'Augustin pouvait bien lui vouloir ou lui révéler qu'il ne sache déjà. De toute évidence, ça devait avoir une relation avec l'entretien qu'il venait d'avoir avec le père du jeune homme. Quand il eut fini la lecture du document, Antoine fut pris d'une angoisse subite. Il attrapa son manteau, enfila ses bottes et se rua hors de sa chambre, dévalant les escaliers en toute hâte. Dehors, il vit le jeune garçon qui jouait avec ses petits camarades sur la place autour du vieux chêne. Il hésita un instant et prit la direction de la gare. Augustin avait peut-être repris son travail. À cette heure-ci, il n'y avait pas de train annoncé et la gare était presque déserte.

Sur le quai, Antoine aperçut Louis Gentil et courut vers lui. Le chef de gare ne savait pas où était Augustin.

— Mais qu'est-ce que vous avez tous à lui courir après ? s'étonna Gentil. J'ai déjà répondu à cette question à l'instant à son père qui, lui aussi, le cherchait.

— Ferchaud vous a appelé ?

— Oui, il avait l'air un peu ennuyé de ne pas avoir pu joindre son fils.

Gentil fit remarquer que la valise d'Augustin était toujours dans son bureau et que le jeune homme avait prévu de partir bientôt pour quelque congé.

Antoine remercia Gentil et partit en courant sous l'œil dubitatif du chef de gare qui se gratta la tête sous sa casquette. Antoine revint vers la grand-place. Devant l'école, il aperçut Henriette à sa fenêtre. Quand elle le reconnut, elle lui fit un signe amical de la main. Après tout, peut-être avait-elle remarqué quelque chose. Il poussa la grille et vint frapper à sa porte. La jeune femme ouvrit aussitôt, un large sourire aux lèvres. Il expliqua brièvement être à la recherche d'Augustin, et lui demanda si elle l'avait vu ce matin.

— Mais oui, je l'ai vu discuter avec le petit Magnin devant la grille de l'école, il y a quelques instants. Que se passe-t-il ?

— Je vous expliquerai plus tard. Avez-vous vu dans quelle direction Augustin est parti ?

Henriette tendit le bras vers la route qui mène à la colline. Augustin était parti dans cette direction. Il portait quelque chose sous son bras, mais elle n'avait pu voir de quoi il s'agissait. L'expression inquiète d'Antoine n'échappa pas à l'institutrice.

— Je vous remercie, conclut Antoine.

Puis, sans autre explication, il partit et se dirigea vers la route empruntée par Augustin. Sur son chemin il rencontra Perrin qui le salua courtoisement. Le garde champêtre revenait précisément de la Colline aux Biches. Quand Antoine lui demanda s'il avait rencontré Augustin, il répondit affirmativement.

— Nous nous sommes croisés sur la route, en effet. Je me suis même demandé ce qu'il faisait par là. On s'est salués, puis nous avons continué notre chemin, chacun dans sa direction. Mais pourquoi me demandez-vous ça ?

— Il faut que je le retrouve, Perrin. J'ai un mauvais pressentiment.

Le garde champêtre sentit dans ces quelques mots une inquiétude véritable.

— Eh bien, allons-y ! dit-il.

Les deux hommes marchèrent sur la route où la neige avait fondu et laissait maintenant apparaître le bitume en deux lignes noires parallèles. Ils arrivèrent au bas du chemin de terre qui menait dans la clairière située au sommet de la colline. Ce même chemin de terre que tous les habitants de la commune avaient été contraints d'emprunter sous la menace des fusils allemands.

— Vous croyez qu'il est venu ici ? demanda Perrin.

— Il faut aller vérifier. Je ne vois pas où il pourrait aller autrement. La prochaine ville est à plus de vingt kilomètres. Allons-y !

Ils s'engagèrent sur le chemin boueux et glissant. Perrin remarqua des traces de pas dans la neige, mais ils pouvaient appartenir aux bûcherons ou à n'importe qui d'autre. Ça ne voulait rien dire. À mesure qu'ils escaladaient la côte, ils cessaient de parler, attentifs au moindre bruit qui aurait pu révéler une présence. Des traces parallèles indiquaient qu'une charrette était passée par ici. Probablement celle des frères Thuaud, pensa Perrin.

Enfin, ils arrivèrent en vue du sommet de la colline, là où s'ouvre la clairière entourée de grands arbres, témoins silencieux de l'horreur passée, néanmoins inscrite de façon durable dans la mémoire collective des Hautevillais. Ils s'arrêtèrent un moment, regardant autour d'eux. La clairière semblait déserte et ils s'apprêtaient à continuer leur chemin quand Perrin attrapa le bras d'Antoine, le regard figé sur un point précis.

— Là-bas, dit-il, là-bas sous le grand chêne…

— Quoi là-b…

Antoine ne put finir sa phrase. Il venait de voir ce que Perrin, habitué à la forêt, avait immédiatement remarqué. Sous l'arbre nu, accroché à une branche basse par une corde, le corps d'Augustin, inerte, tournait lentement. Ses pieds ne touchaient pas le sol et sa tête penchait d'un côté, les yeux fermés.

— Mon Dieu ! s'exclama Antoine.

Perrin réagit le premier et courut vers l'arbre, criant à Antoine de le suivre. En quelques enjambées, il arriva près du corps du malheureux et constata avec dépit qu'Augustin était mort. Il n'y avait plus rien à faire. Inutile de le décrocher, la police s'en chargerait.

— Que devons-nous faire ? demanda Antoine, hypnotisé par ce tragique spectacle.

Le garde champêtre voulut regagner le village et prévenir les autorités, le docteur Langeard et surtout monsieur le maire.

— Euh… J'aimerais bien que vous veniez avec moi pour annoncer la nouvelle à Ferchaud, dit Perrin.

Antoine hocha la tête. Il allait s'en charger, mais appréhendait déjà la réaction du père et, plus encore, celle de la mère d'Augustin.

Sur le trajet du retour, ils ne dirent pas un mot. Arrivés au village, sur la grand-place, ils se dirigèrent vers la mairie et y entrèrent sans empressement. Mlle Gentil les accueillit avec un grand sourire. Perrin demanda à voir le maire. Il s'agissait d'une affaire urgente et personnelle. À l'expression sérieuse du garde champêtre, la secrétaire sentit que la chose était grave. Ferchaud était dans son bureau. Elle invita les deux hommes à monter l'escalier pour pousser sa porte.

Presque timidement, Perrin entra le premier, tournant nerveusement sa casquette entre ses doigts. Le maire fut surpris de cette visite, mais quand il vit qu'Antoine suivait le garde champêtre, il releva la tête et se mit immédiatement sur la défensive.

— Messieurs, que puis-je pour vous ? demanda-t-il, déjà inquiet.

Ferchaud s'effondra à l'annonce du décès de son fils. Il se recroquevilla dans son siège et parut soudain très petit, malgré sa stature imposante. Il prit son large visage dans ses mains et resta assis, silencieux. Perrin sortit de la pièce sous le prétexte de devoir téléphoner au docteur pour constater le décès et à la gendarmerie, trop heureux de ne pas avoir à supporter le triste spectacle de la douleur d'un père. Antoine resta seul avec Ferchaud, bouleversé par autant de peine. Jamais il n'aurait soupçonné chez ce colosse une telle fragilité. Les deux hommes restèrent silencieux jusqu'à ce que Ferchaud demande faiblement :

— Pourquoi ?

Antoine connaissait la réponse à cette question matérialisée par les aveux écrits d'Augustin.

17

— Pourquoi ? répéta Ferchaud, abattu, en levant sur Antoine un regard presque suppliant.

Antoine hésitait à parler. Ses sentiments devenaient confus. Pour se donner une contenance, il chercha une chaise qu'il saisit et posa devant le bureau de Ferchaud. En choisissant ses mots, il expliqua le plus lentement possible les causes probables de l'acte désespéré de son fils. Il sortit de sa poche la lettre qui lui avait été remise par le gamin. Augustin s'accusait du meurtre du lieutenant Hartmann. Les deux hommes s'étaient battus après la fête de l'école pour une simple rivalité amoureuse. Augustin ne supportait pas la cour assidue que l'Allemand faisait à Henriette. Il voulait seulement le mettre en garde sans avoir aucune intention de le tuer, mais Hartmann avait bu plus que de raison et avait très mal pris l'intervention du jeune homme. L'officier a tenté de frapper Augustin qui s'est seulement défendu. Il n'avait eu aucun mal à éviter les coups désordonnés d'Hartmann, mais avait fini par le pousser violemment, le faisant tomber lourdement. Dans sa chute, Hartmann avait heurté l'angle en granit du trottoir et avait été tué sur le coup. Pris de panique, Augustin s'est enfui.

— C'était un accident, dit Antoine. Pourtant, ce qui s'est passé après a été dramatique et ce n'était pas accidentel.

Quand, le lendemain, Augustin eut pris connaissance de l'ultimatum de Keller au beau milieu des habitants réunis sur la place et de la nature des représailles que l'officier allemand entendait prendre si l'auteur du meurtre ne se dénonçait pas, il fut saisi d'une angoisse paralysante. Une demi-heure avant l'échéance fatale, n'y tenant plus, Augustin était venu voir son père à la mairie et lui avait tout expliqué. Dans sa lettre, Augustin affirmait avoir voulu se dénoncer à Keller, ne supportant pas d'être le responsable de l'exécution de quinze innocents.

— Mais ça, vous le savez, n'est-ce pas ? demanda Antoine à Ferchaud.

L'homme baissa les yeux. Bien sûr qu'il le savait. Il avait tenté de calmer son fils et lui avait interdit de se livrer. Il fit promettre à Augustin de garder le silence et lui ordonna de quitter la ville au plus vite. Il allait parler à Keller.

— C'est votre discussion avec Augustin que Louise Blanc a entendue. Mais ça aussi, vous le savez, puisque vous m'avez volé la lettre dans laquelle elle en parlait.

Ferchaud hocha la tête. Jusqu'au dernier moment, il avait été persuadé de pouvoir empêcher le massacre. Or, Keller était resté inflexible.

— J'ai proposé à Keller de me substituer aux otages. Je me suis accusé du meurtre du lieutenant Hartmann, mais Keller n'a pas cru un seul instant à ma culpabilité. Il était venu me réveiller en personne à mon domicile et savait pertinemment que je ne pouvais pas avoir tué son officier. Bien plus, il m'a félicité pour mon courage, pensant que je tenais à me sacrifier pour protéger héroïquement mes concitoyens, mais il est resté obstinément sur ses positions.

Ferchaud s'arrêta de parler, en proie à une vive émotion. La suite des événements, Antoine la connaissait parfaitement. L'heure fatidique est arrivée sans que personne ne puisse rien faire. Ferchaud regarda Antoine avec une profonde tristesse, comme s'il implorait un pardon.

— Je voulais protéger mon fils, vous comprenez ? Je n'ai pas voulu ça. Tout est arrivé si vite.

Un long silence suivit ses dernières paroles. Antoine hésita à poursuivre. La vérité, celle qu'il avait recueillie en tant que prêtre et confesseur de la bouche même d'Augustin, ne s'arrêtait malheureusement pas là. Certes, Louise connaissait une partie du drame hautevillais, mais elle en ignorait une autre, et cette autre révélation ne manquerait pas de blesser Ferchaud plus encore. Il s'éclaircit la voix et poursuivit, décidé à tout dire.

Dans la lettre laissée par Augustin, se trouvait la réponse à une question restée non élucidée jusqu'ici, à savoir l'identité de la personne qui avait dénoncé les membres du réseau Viking, faisant échouer la tentative de sabotage de la voie ferrée début juin 1944. Ferchaud releva la tête. Que pouvait savoir Augustin sur cette affaire dramatique ?

— J'aurais préféré ne rien ajouter à votre peine, mais c'est votre fils qui a trahi le réseau Viking.

Ferchaud resta muet de stupéfaction. Que son propre fils ait vendu le réseau local de la Résistance lui semblait incompréhensible.

— Que me racontez-vous là ? C'est insensé.

Antoine lut à haute voix le passage de la lettre où Augustin s'accusait également de cette trahison dont il expliquait plus loin les raisons. Sa rivalité amoureuse avec Adrien Lenain l'avait rendu fou. Il aimait Henriette et ne supportait pas leur liaison. En dénonçant le réseau Viking de façon anonyme, il se débarrassait du prétendant de la jeune institutrice, comme il s'était débarrassé, sans le vouloir, il est vrai, du lieutenant Hartmann. Le groupe des résistants de la commune coordonné par Fernand Lenain sous les ordres du fameux Max fut décimé. Par jalousie et par pure vengeance, Augustin accusa Henriette d'être le relais de Max pour le réseau Viking, ce qui était évidemment faux, la jeune femme ayant toujours ignoré les identités des membres de ce groupe. Même son fiancé, Adrien, avait jugé plus prudent pour la sécurité de l'institutrice de ne rien lui dire. Pourtant, elle fut arrêtée par la Gestapo et ne dut son salut qu'à l'intervention de la Résistance et à la fuite des Allemands rappelés en urgence sur la côte pour contrer le débarquement des alliés. Augustin terminait sa lettre en implorant le pardon de tous et surtout de ses parents. Il déclarait ne plus mériter de vivre. Ces derniers mots avaient effrayé Antoine qui, après avoir terminé la lecture du document, avait compris qu'un nouveau drame allait endeuiller Hauteville une fois de plus.

Ferchaud restait bouche bée. Il lui était difficile d'admettre que son fils ait pu être le responsable de tant de morts pour une simple histoire d'amour déçu. Lui-même s'était rendu complice de la mort d'otages innocents. Son incapacité à empêcher l'exécution de quinze hommes avait indirectement provoqué, plusieurs années plus tard, la mort des résistants du réseau Viking. Et toute cette horreur, c'était à son fils, son propre fils, le fils du maire de cette commune qu'il le devait ? C'en était trop ! Ferchaud demanda à Antoine de le laisser seul. Il allait sortir du bureau, mais se retourna pour dire au maire que le journal allait forcément parler de toute cette histoire. Son article était prêt à être transmis à la rédaction, même s'il devait le reprendre et le compléter de ces informations inattendues et tragiques.

— Je me doute bien que vous allez salir mon nom dans votre torchon, cria Ferchaud, rouge de colère, faites ce que vous voulez ! Que m'importe ! Laissez-moi seul !

Il se dirigeait vers la porte quand Perrin entra pour annoncer qu'il avait prévenu qui de droit.

— Il faudrait bien avertir Mme Ferchaud, glissa le garde champêtre.

À sa douleur s'ajouterait inévitablement celle de Simone. Devoir lui annoncer une telle nouvelle était au-dessus de ses forces ; pourtant, Ferchaud demanda aux deux hommes de foutre le camp. Il se chargerait lui-même de cette tâche ingrate. Ils n'insistèrent pas et sortirent.

Peu après, un cri de douleur effrayant emplit tout l'espace de la place.

Le docteur Langeard avait confirmé le suicide d'Augustin et délivré un permis d'inhumer. La gendarmerie avait classé l'affaire. Antoine travailla sur son article pour le compléter au vu des derniers événements. Il téléphona à Eugène qui décida de venir chercher les feuillets tapés à la machine relatant cette incroyable histoire.

Dès le lendemain, *Le Clairon* titrait « La vérité sur les drames de la Colline aux Biches ». Bien sûr, le journal s'arracha à Hauteville, chacun étant curieux de savoir enfin qui était le vrai coupable de ces actes ignobles et lâches.

À *La Grâce de Dieu*, les gens discutaient vivement. Certains se disputaient, s'injuriaient. Personne ne pouvait croire que le maire avait une telle part de responsabilité dans la mort de tous ces innocents. Dieu l'avait puni en lui prenant son fils, aussi coupable soit-il. Perrin était assailli de questions sur la découverte du pendu. Il dut se fâcher pour pouvoir effectuer son travail en paix. Tout était écrit dans le journal. Il n'y avait rien à ajouter et si la justice devait s'en mêler, elle le ferait, un point c'est tout !

Lemevel se mit à travailler sur le cercueil qui lui avait été commandé. Les obsèques du jeune Ferchaud étaient programmées pour le jour suivant. Le vieux menuisier, lui non plus, ne pouvait croire une telle histoire, vous pensez, le fils de son ami, le maire de sa ville, celui à qui il avait toujours donné son soutien sans compter, un homme droit et loyal. Précisément, beaucoup s'interrogèrent sur la droiture et la loyauté de l'homme à qui l'on avait confié les rênes de la communauté. Certains disaient que Ferchaud avait eu un comportement exemplaire sous l'occupation allemande, d'autres supposaient que cette attitude irréprochable ne l'était peut-être qu'en apparence. Et puis, que diable ! il avait bien le sang de quinze innocents sur les mains…

Le père Raymondin organisa la cérémonie d'inhumation. Le cercueil était posé devant l'autel où il officiait. Dans l'église, cependant, il n'y avait personne, à l'exception de Ferchaud, de sa femme et d'Antoine. Les habitants avaient été choqués par les révélations du journal et s'étaient abstenus de participer à cette cérémonie. Les Ferchaud en furent très peinés tout en restant dignes. Simone s'accrochait au bras de son mari et sanglotait en silence. Ce spectacle bouleversa Antoine. Il en regretta presque d'avoir signé ce papier dans les colonnes du journal. La vérité avait éclaté, mais à quel prix ! Il ne se sentait pas fier du travail accompli.

Simone s'effondra devant la fosse où l'on descendit le cercueil de son fils. Ses pleurs furent entendus partout autour du cimetière par les voisins les plus proches qui restèrent muets, dans les maisons.

L'enterrement terminé, les Ferchaud remercièrent le curé, puis sortirent du cimetière, lentement, comme brisés par ce coup du sort. Ferchaud soutenait sa femme pendant qu'ils traversaient la place pour regagner leur appartement de fonction, près de la mairie. Les quelques personnes qu'ils croisèrent sur le chemin se détournaient d'eux et ils en furent profondément affectés.

De l'enceinte du cimetière, Antoine et le père Raymondin regardaient avec pitié la marche de ces parents blessés et humiliés. Antoine serra la main du prêtre avec l'intention de rentrer à l'hôtel.

— Au revoir, mon père.

— Au revoir ! Qu'allez-vous faire maintenant ? demanda le religieux.

Il n'en savait rien. Sans doute allait-il rentrer chez lui, à Caen. Il n'avait plus rien à faire ici. La Justice ferait le reste. Le curé resta silencieux un moment, puis il reprit la parole sur un ton grave :

— Avant de partir, je vous serais reconnaissant de bien vouloir venir me voir.

— Avec plaisir, répondit Antoine, surpris de cette demande.

— Je dois vous dire quelque chose d'important.

— Très bien ! Je viendrai. C'est promis.

Il salua une dernière fois et se dirigea vers la sortie du cimetière, déjà inquiet de ce que le prêtre avait à lui dire d'aussi important.

Arrivé dans sa chambre, à l'hôtel, il relut l'article du journal qu'il avait signé de son nom et que tout le village avait découvert et largement commenté. Qu'adviendrait-il, maintenant des Ferchaud ? Et que voulait lui dire le père Raymondin ? Il s'assit devant sa machine à écrire et se remit au travail, replongeant dans son devoir de mémoire. Il lui sembla alors que la vie ne se construisait qu'à coups de souffrance. Cette guerre, et toutes les conséquences qui en découleraient plus ou moins directement, sera-t-elle enfin la dernière ? Il se renfonça dans son fauteuil et regarda distraitement par la fenêtre. Le ciel avait pris une douce couleur rose et la neige se remit à voleter, légère et pure. Il voulut se convaincre que tout n'était pas laid dans ce monde. Là-bas, de l'autre côté de la place, une fenêtre était éclairée. C'était celle de l'école.

18

Après une longue nuit agitée, Antoine se leva, réveillé par la lumière du jour qui inondait la chambre. Il se rendit compte qu'il avait oublié de tirer le rideau avant de se coucher. Tout en faisant sa toilette, il prit la décision de quitter Hauteville et commença à réunir ses bagages. Il était temps pour lui de regagner son appartement à Caen, même s'il savait que, là-bas, personne ne l'attendait. Son appartement était ancien et avait échappé miraculeusement aux bombardements des avions ennemis ou alliés lors du débarquement. La ville avait été littéralement rasée et de nombreux civils avaient payé de leur vie la libération du pays.

Il descendit à la cuisine où Marguerite l'attendait comme tous les matins depuis le jour de son arrivée. Elle avait préparé, comme d'habitude, un solide petit déjeuner destiné à son unique pensionnaire. La mère Lenain n'évoqua pas le nouveau drame qui venait de bouleverser la commune une fois de plus et Antoine lui en fut reconnaissant. Il se contenta d'informer l'hôtelière de son départ imminent sans toutefois donner de date précise. Avant, il devait aller voir le curé. Peu lui importait le curé, la seule chose que Marguerite retenait, c'était qu'elle allait bientôt se retrouver de nouveau seule dans cette grande bâtisse, bien trop grande pour elle. Elle s'était habituée à sa présence, à leurs tête-à-tête lors des repas qu'elle avait eu un réel plaisir à concocter pour lui. Ce plaisir était au moins aussi grand que celui de parler avec lui. Antoine comprit l'expression de tristesse de la vieille femme et tenta de la rassurer par quelques douces paroles. Elle l'écouta, mais préféra continuer le nettoyage de ses ustensiles, penchée au-dessus de l'évier. Ainsi, il ne vit pas que ses yeux laissaient échapper de discrètes larmes.

— Finissez votre café, dit-elle sans se retourner, ça va refroidir.

Antoine s'habilla et sortit. Il se dirigea aussitôt vers l'église. Le père Raymondin devait être arrivé, mais il ne le trouva pas. Il était probablement dans la sacristie. Antoine ressortit et alla dans le cimetière. Il se tint debout devant la tombe d'Augustin et se mit à prier pour que Dieu lui pardonne et sauve son âme.

Le père Raymondin rejoignit Antoine dans le cimetière, hésitant à l'interrompre dans sa prière. Il ne s'autorisa à parler qu'après qu'Antoine ait fait le signe de croix.

— Je vois que vous n'avez pas perdu la foi, dit-il.

Antoine se retourna et sourit. En effet, il n'avait pas perdu la confiance qu'il avait mise en Dieu, malgré les doutes, malgré la violence des hommes et leur incapacité à vivre ensemble.

— Bonjour, mon père, vous avez voulu m'entretenir de quelque chose d'important, n'est-ce pas ?

— Oui, merci d'être venu. Rentrons dans l'église, si vous le voulez bien. Nous y serons moins exposés au froid.

Antoine et l'homme en soutane noire retournèrent vers l'église. Ils s'installèrent sur un des bancs en bois les plus proches de l'autel. À cette heure-ci, l'édifice était silencieux et désert.

Le père Raymondin s'éclaircit la voix avant de commencer à parler en se penchant vers son invité afin que nul ne puisse entendre leur conversation.

— J'ai un secret à vous confier. Même si vous ne portez plus la soutane, je sais que vous en ferez un usage juste.

— Merci de votre confiance, mon père, de quoi s'agit-il ?

Le père Raymondin évoqua la tentative de sabotage avortée qui précéda le jour du débarquement. Au cours de cette action organisée par la Résistance locale, la plupart des membres du réseau Viking avaient été tués par les Allemands. Keller avait été informé par une lettre anonyme de cette attaque contre un convoi important qui apportait armes et munitions destinées au renforcement des unités présentes dans la plaine de Caen. L'état-major allemand ne croyait pas vraiment à un débarquement des forces alliées en Normandie, mais il était probable que des renseignements inquiétants l'aient obligé à prendre des précautions supplémentaires, malgré le déploiement déjà important de moyens militaires sur toute la côte.

— J'ai appris tout ça, hélas, dit Antoine.

— Vous savez donc que le chef du réseau Viking se faisait appeler Max.

Antoine confirma, curieux de savoir où le prêtre voulait en venir. Max était en effet ce mystérieux personnage dont personne ne connaissait l'identité.

— Une personne connaissait l'identité de Max, poursuivit le curé.

— Qui ?

— Fernand Lenain.

Le mari de Marguerite et leur fils Adrien, le fiancé d'Henriette, avaient été tués tous les deux dans cette opération, qui n'avait eu pour effet que de retarder de quelques heures seulement le passage du convoi. Seul Fernand connaissait l'identité réelle de Max. Même son fils, Adrien, ne la connaissait pas. Max n'assistait jamais aux réunions clandestines du groupe Viking local, ou alors il cachait son identité sous un masque.

— Soit ! Fernand étant mort, le vrai nom de Max restera donc un mystère ?

Raymondin eut un discret sourire.

— Non, une autre personne connaît la véritable identité de Max. L'ancien chef de la Résistance est toujours vivant. Il a pu échapper à la traque des Allemands et de leur police.

— Qui est cette personne ? Qui est Max ? demanda Antoine, fortement intrigué par les propos du prêtre.

— L'homme qui connaît le vrai nom du chef de la Résistance locale, c'est moi, dit le père Raymondin.

— Vous ? mais comment avez-vous pu… ?

Raymondin soupira, puis reprit son récit. Après l'échec du sabotage de la voie ferrée, les corps des résistants ont été ramenés à Hauteville par les Allemands. Le curé a improvisé une cérémonie religieuse collective pour l'inhumation de tous ces malheureux. À ce moment-là, le religieux ignorait si le fameux Max que les Allemands recherchaient activement depuis des années se trouvait parmi les morts.

Après avoir commencé son explication, Raymondin s'interrompit et regarda intensément Antoine.

— Ce que je vais vous dire, je ne vous le dis à vous que parce que vous avez encore foi en Dieu, bien que vous ne portiez plus la soutane.

— Je vous en remercie, mon père. J'espère toujours en Dieu, même si je ne me sens plus digne de porter sa parole.

— Pourquoi dites-vous ça ?

— Contrairement à vous, j'ai enfreint un des commandements les plus catégoriques du Seigneur. Tu ne tueras pas ! Et moi, j'ai certainement tué des milliers d'innocents.

— C'était pour une bonne cause. Il fallait combattre la barbarie nazie.

— Je pensais que Dieu, dans son infinie bonté, me rappellerait à lui. J'étais prêt à payer de ma vie l'engagement qui fut le mien.

— Dieu a épargné votre vie. C'était sa volonté.

— Je l'ignore. Il n'en reste pas moins que des hommes, des femmes et des enfants ont péri sous les ailes de mon avion. Certes, de là-haut, le sang des victimes ne m'a pas atteint, mais, dans mon cœur, c'est tout autre chose. Mais je vous en prie, continuez !

Le curé affirma avoir été interrogé par les Allemands, mais ils se rendirent très vite compte qu'il ne savait rien au sujet de Max. Quelques heures plus tard, il recevait en confession un homme du village qui demandait pardon à Dieu pour ses erreurs. C'était Max, et cet homme, Antoine le connaissait fort bien.

Avant d'en dire plus, le curé voulut apporter quelques précisions. Certes, le chef de la Résistance avait pu commettre des erreurs aux conséquences dramatiques que l'on connaît, mais il a aussi été un élément indispensable de la lutte contre l'occupant. Son engagement personnel a permis aux alliés de combattre efficacement les Allemands dans un environnement qu'ils ne connaissaient pas. Max les a guidés avec les hommes du réseau Viking au risque de sa propre vie. Lors de la tentative de sabotage de la voie ferrée, il a même été blessé au bras, mais a pu s'échapper. Le docteur Langeard l'a soigné sans poser de question, mais le médecin ne fut pas dupe. Il reconnut sans difficulté que la blessure n'était pas due à un outil agricole comme l'homme le prétendit. Il se garda bien de montrer son bras à quiconque pour ne pas éveiller les soupçons.

Antoine écoutait avec attention le récit du curé. N'y tenant plus, il l'interrompit, curieux de connaître enfin l'identité de ce héros discret.

— Cet homme, c'est Ferchaud, Émile Ferchaud.

Antoine fut stupéfait. Que Ferchaud soit Max dépassait l'entendement. Comment ? Cet homme sans réelle consistance était donc ce terroriste dangereux que les Allemands avaient recherché jusqu'au dernier moment ? Le père Raymondin confirma en hochant la tête. Ferchaud avait confessé être responsable de l'exécution des otages à la suite du meurtre de l'officier Hartmann. Il se sentait aussi responsable de la mort de ses camarades du réseau Viking. Il est allé raconter que Max avait trouvé la mort plus tard, au cours d'un affrontement aux côtés d'une unité américaine à quelques kilomètres d'ici, mais jamais rien ne vint le prouver.

— Je sais que Ferchaud a couvert son fils Augustin pour lui sauver la vie. Le témoignage écrit de Louise Blanc le confirmait. Augustin a aussi avoué être responsable de la dénonciation du réseau Viking. Voici la lettre qu'il m'a adressée juste avant de se suicider.

Il sortit la lettre de sa veste, la déplia et la tendit au curé qui l'examina avec attention. Ainsi, en dénonçant le réseau Viking pour se venger d'Adrien, il ignorait qu'il dénonçait aussi son père. C'était par son amour déçu pour Henriette que le jeune Ferchaud a aussi donné le nom de l'institutrice à la Gestapo, l'accusant anonymement d'être la coordonnatrice locale du réseau. Heureusement, la fuite de Keller et de ses hommes, ainsi que l'intervention de ce qui restait de la Résistance menée par André Blanc avait sauvé la jeune femme de la torture et d'une mort certaine.

Antoine reprit la lettre que Raymondin lui tendait. Tous ces drames parce qu'une femme avait repoussé les avances d'un jeune prétendant ! Tous ces morts pour une simple question de jalousie maladive et de rivalité amoureuse. Augustin demandait pardon à tous pour ce qu'il avait fait, notamment à Henriette qu'il n'a jamais cessé d'aimer, même quand Adrien et elle s'embrassaient sous ses yeux. Il n'avait pas supporté leur bonheur, pas plus qu'il n'avait supporté la cour élégante que le lieutenant Hartmann avait faite auprès de la jeune femme.

— Mais pourquoi Ferchaud n'a-t-il jamais dit qu'il était Max ? s'interrogea Antoine.

Raymondin le regarda et lui suggéra de le demander à l'intéressé lui-même, car il ne pouvait répondre à cette question.

— Je prierai pour tous ces malheureux et pour l'âme d'Augustin, ajouta le curé.

— Moi aussi ! Croyons en la bonté de Dieu !

— Croire, voilà un mot qui a toujours été à l'origine de nombreux conflits dans le monde.

Le père Raymondin remarqua le regard interrogateur de son interlocuteur. Selon lui, le mot signifiait une chose et son contraire, ce qui provoquait inévitablement des oppositions parmi les populations. Visiblement, Antoine ne comprenait pas le sens de ces paroles.

— Voyez-vous, cher Antoine, quand je dis « je crois que Dieu existe », cela peut signifier « je suis sûr qu'Il existe, j'en ai l'absolue certitude », mais cette phrase peut aussi signifier « Je crois qu'il existe, mais je n'en suis pas sûr, car je ne peux pas le prouver ». Les certitudes trop affirmées amènent souvent au fanatisme, à l'intolérance. Le nombre de religions est déjà en soi la preuve que nul ne possède la Vérité. Que de guerres ont été provoquées par la foi des uns opposée à celle des autres !

Antoine baissa la tête, troublé par ces paroles. Le vieux curé avait-il raison ? Les certitudes ne font pas avancer le monde, le doute seul aurait-il ce pouvoir ? Il avait suffi qu'un tyran persuade le peuple allemand de la supériorité de la race aryenne et de la nécessité d'éliminer les juifs pour que ce pays enflamme le monde entier et le précipite dans l'horreur.

— Les êtres humains ne sont encore que des animaux à peine plus évolués que les autres, poursuivit le père Raymondin. Il faudra encore bien des millénaires pour qu'ils deviennent des hommes. Ne dit-on pas dans le « Notre Père » que ton règne vienne ? Cela signifie bien que le règne de Dieu n'est pas encore de ce monde.

Il revint à l'esprit d'Antoine la phrase d'André qui suggérait que Dieu était mort ou peut-être pas encore né. Et s'il avait raison ?

Le père Raymondin se leva. Antoine en fit autant.

— Ce mal dont l'humanité souffre a sa source dans la loi naturelle, c'est-à-dire dans notre animalité où seule la loi du plus fort, du plus rusé, du plus cruel ou du plus riche s'impose aux plus faibles. Au XXe siècle, ce mal dont nous sommes tous les victimes plus ou moins consentantes se concentre dans le pouvoir de l'argent. Parce qu'il vivait dans la misère, le peuple allemand a cru aux élucubrations d'un fou.

Le vieil homme en soutane demanda à Antoine de rendre visite à Ferchaud. En ce moment, l'homme devait souffrir comme jamais auparavant. Perdre un fils était un drame insupportable pour n'importe quel parent. Antoine promit d'aller voir les Ferchaud, bien qu'il ne fût pas sûr qu'ils lui réserveraient un accueil chaleureux.

19

En sortant de l'église, Antoine rencontra Henriette, emmitouflée dans un chaud manteau. Elle se rendait au cimetière sur la tombe de ses parents et sur celle d'Adrien, comme elle en avait pris l'habitude. La jeune femme venait se recueillir devant ces dalles de pierre qu'en hiver elle débarrassait de la neige qui les recouvrait ou, au printemps, des fleurs fanées. Elle ne fut pas surprise de trouver Antoine à la grande porte de l'église. Elle le salua gaiement et se dirigea vers l'enceinte du cimetière. Antoine la suivit.

La jeune femme resta longtemps immobile devant la tombe de ses parents, puis elle se tint debout devant celle d'Adrien. Antoine n'osa pas interrompre ses pensées. Il resta à ses côtés, silencieux et respectueux, jusqu'au moment où il vit une larme couler sur sa joue.

— Il vous manque, n'est-ce pas ? demanda-t-il.

Henriette hocha la tête en essuyant ses larmes d'un geste rapide de la main. Oui, Adrien lui manquait cruellement.

— Augustin était son ami.

— Ne me parlez pas d'Augustin ! Je le hais pour tout le mal qu'il a fait aux gens du village et… à moi. Jamais je ne pourrai lui pardonner.

Le visage de la jeune femme s'était assombri brutalement. Elle ne voulut plus regarder Antoine en face, persuadée qu'il tenterait d'obtenir son pardon. Mais il ne dit rien. S'ensuivit un long silence.

— Je passerai vous dire au revoir avant de quitter Hauteville, dit-il.

Elle tourna la tête vers lui avec dans les yeux une expression de surprise.

— Vous allez partir ? Pourquoi ne resteriez-vous pas ici ? demanda-t-elle en regardant de nouveau la tombe encore humide de neige de son fiancé. Hauteville était votre village. Pourquoi partir ?

Antoine expliqua avoir rempli sa mission. Cette tâche qui lui avait été confiée par le journal avait remué beaucoup trop de souvenirs douloureux. Il ne voulait pas imposer plus longtemps sa présence à ceux qui avaient été les victimes de ces drames. Il avoua ne pas être très fier de tout cela. Aussi avait-il décidé de repartir dans la banlieue de Caen où il avait loué un modeste studio dans un quartier que les bombes avaient miraculeusement épargné. C'était certainement ce qui lui semblait le plus raisonnable à faire pour le moment. Il fallait que les passions s'apaisent à Hauteville, que les gens se parlent et que les douleurs s'atténuent.

Henriette regretta cette décision. Il la vit contrariée et n'insista pas. Puis, elle voulut rentrer chez elle. Antoine l'accompagna jusque devant la grille de l'école. Ils allaient se séparer quand André arriva, tenant quelque chose de dissimulé sous son manteau. Il s'approcha et les salua. Henriette s'inquiéta de ce que le jeune homme cachait sous son vêtement. Elle entendit un petit cri et recula, éclatant de rire quand elle vit sortir de sa cachette la tête d'un adorable chiot. André expliqua qu'il venait d'adopter cet animal donné par Perrin.

— Sa chienne a eu des petits et j'ai craqué pour celui-ci, dit-il en caressant affectueusement la petite tête.

Henriette fut émue de cette découverte et commença à caresser le petit chien.

— Il est adorable. Comment s'appelle-t-il ?

— Euh, je ne sais pas encore. Ou plutôt, si, je pense que je vais l'appeler Tommy.

— Tommy ? Pourquoi Tommy ?

André raconta que son père avait des amis dans le petit bourg de Béneauville. Bernard, le fils aîné de ces amis, était un gamin d'une dizaine d'années qui avait donné à son jeune chien ce même nom de Tommy. Son plus grand plaisir était de lâcher le chien au beau milieu des patrouilles allemandes. Alors, il lui courait après en criant « Tommy ! Tommy ! » et tous les Allemands couraient se mettre à l'abri dans les fossés boueux, craignant les mitrailleuses d'un avion anglais ou une embuscade des soldats de Sa

Majesté. Tommy était le nom que les Allemands donnaient aux Anglais pendant la guerre.

Henriette et Antoine sourirent à ce récit. Elle remarqua que le petit chien tremblait de froid et proposa à André de rentrer chez elle pour l'installer au coin du feu. Il accepta avec un large sourire.

Antoine choisit ce moment pour prendre congé. Il salua les jeunes gens et traversa la place pour regagner l'hôtel.

Marguerite l'attendait, l'air anxieux. Elle lui annonça avoir vu le docteur Langeard ce matin pour ses petits problèmes de santé. Le médecin lui avait affirmé que Ferchaud avait démissionné de ses fonctions de maire. Langeard, en sa qualité de premier adjoint, avait été informé de cette nouvelle par l'intéressé lui-même qui lui avait fait lire la déclaration officielle de son renoncement. Le garde champêtre allait bientôt en informer les habitants.

— Bah ! Ça devait arriver, avec toutes ces histoires… murmura Marguerite. C'est dommage, Émile était un bon maire, pas parfait, parfait, mais un bon maire quand même, malgré cette histoire avec Augustin et tous ces morts.

— Que va-t-il faire ?

— Oh, ne vous inquiétez pas pour lui ! Il a décidé de se retirer sur son exploitation agricole avec Simone. Il va laisser son appartement de fonction et repartir habiter dans sa ferme, dans le bocage.

Antoine resta muet. Il était vrai que les habitants n'avaient plus montré à leur maire de signes de confiance ou de compassion depuis la parution de l'article dans le journal. Certains même avaient accueilli ces révélations avec colère et ne s'étaient pas privés de lui montrer leur désapprobation avec une réelle agressivité. La décision de Ferchaud de se retirer avait sans doute été largement provoquée par le climat détestable qui venait de s'installer dans le village. Dans l'esprit de beaucoup, Ferchaud semblait être aussi coupable que son fils de tous les drames survenus ces dernières années.

La démission du maire fut annoncée officiellement, laissant les habitants perplexes. C'était le sujet des conversations du jour. Partout, de petits groupes se formaient pour des discussions animées. Certains soutenaient Ferchaud, d'autres se réjouissaient de son départ. Perrin dut même intervenir pour séparer des hommes qui allaient se battre dans le café de *La Grâce de Dieu* et à la sortie de la messe. Les sermons du père Raymondin appelaient pourtant ses ouailles au calme et au pardon, mais beaucoup restaient sourds aux prières du prêtre.

Cependant, il n'était pas question de laisser Hauteville sans maire et cette tâche fut logiquement confiée au docteur Langeard qui accepta d'assurer l'intérim en l'attente de nouvelles élections. Le médecin ne souhaitait pas assumer ces fonctions de façon définitive, car son travail lui prenait beaucoup de temps et, comme il le disait lui-même, il ne pouvait pas être en même temps à la foire et au moulin. Malgré tout, il convoqua en urgence les membres du conseil municipal à une réunion extraordinaire pour entériner ce qui semblait être la volonté des hautevillais.

Le notaire, maître Heulin, serait son premier adjoint et il comptait bien s'appuyer sur cet homme qui connaissait aussi bien que lui la population.

Antoine déambula dans les rues de la commune et sentit, lui aussi, à son égard une certaine méfiance. Il fallait agir, ne pas laisser cette hostilité latente prendre plus d'ampleur. Il rentra à l'hôtel et décida d'appeler Eugène de Beaulieu.

Le propriétaire et rédacteur en chef du *Clairon* comprit immédiatement la situation. C'est avec une attention extrême qu'il écouta les révélations d'Antoine au sujet de Ferchaud. Quel ne fut pas son étonnement en apprenant que le maire de Hauteville n'était autre que le mystérieux Max, chef du réseau Viking ? De la bouche d'Antoine, il apprenait également sa démission de ses fonctions de maire, et l'ambiance délétère qui régnait ici à la suite de l'article paru dans le journal expliquant l'acte désespéré d'Augustin. Antoine demanda conseil à Eugène. Ce dernier réfléchit un moment et demanda à son journaliste de prolonger son séjour à Hauteville de quelques heures. L'identité de Max, si elle était une information de premier plan, posait d'autres questions auxquelles il convenait de répondre avant de la rendre publique dans les colonnes du *Clairon*. Antoine était de son avis. De toute façon, il avait déjà prévu de se rendre chez Ferchaud pour obtenir des éclaircissements sur son action de chef de la Résistance locale, et surtout sur son silence. Après avoir reposé le combiné du téléphone, Antoine sortit de la cabine. Des bruits de vaisselle et une agréable odeur provenant de la cuisine indiquaient que Marguerite était à l'œuvre pour lui concocter un bon repas.

Il remonta dans sa chambre et se mit à travailler. Seul le claquement régulier de la machine à écrire se fit entendre dans la pièce. Quand parfois il s'arrêtait, Antoine regardait par la fenêtre d'un air songeur et peut-être aussi un peu inquiet. Quel accueil allait lui réserver Ferchaud ? Il reporta sa visite au lendemain en espérant que ces quelques heures de paix supplémentaires atténueraient au moins un peu douleurs et colères dans le cœur tourmenté de l'ex-maire du village et de son épouse.

De sa fenêtre, il remarqua qu'André discutait toujours avec Henriette sur le perron de l'appartement de l'institutrice. Henriette caressa le petit chien, puis André embrassa la jeune femme sur la joue avant de partir. Il franchit la grille de l'école en adressant un signe de la main à Henriette, traversa la place et disparut dans une des petites rues qui le mèneraient probablement jusqu'à sa ferme. André était quelqu'un de bien, se dit Antoine. De plus, il était l'ami sincère d'Adrien. Il n'y aurait rien d'étonnant à ce qu'il soit amoureux d'Henriette. Rien d'étonnant et rien de choquant non plus. Il sourit et se replongea dans son travail jusqu'à ce que Marguerite l'appelle du bas de l'escalier comme elle le faisait à chaque fois qu'elle voulait inviter son pensionnaire à descendre pour partager un repas. Et il ne se faisait jamais prier.

L'hôtelière, contrairement à son habitude, restait silencieuse. Elle servit avec application son invité, remplissant son assiette, puis se servit elle-même. Au bout de quelques minutes, Antoine n'y tint plus et demanda à sa logeuse si quelque chose la tracassait. Elle se contenta de déclarer que toutes ces révélations dans le journal perturbaient fortement la bonne entente des gens du village. Elle-même en restait également troublée. Et puis, Antoine lui avait annoncé son départ imminent et même si elle refusait de se l'avouer, la vieille femme avait apprécié cette présence masculine rassurante dans ses murs. Le départ d'Antoine l'attristait.

— Ne pensez plus à tout ça, Marguerite, le temps passera et les douleurs s'atténueront, vous verrez ! La Vérité, ça fait mal souvent, mais vivre dans le mensonge est bien pire.

Marguerite regarda Antoine avec une expression de tristesse mêlée à une profonde lassitude.

— Dieu vous entende ! dit-elle en un souffle.

20

Une voiture s'arrêta devant le porche de l'hôtel Lenain. André en sortit et ouvrit la malle de la Citroën pour en extraire un cageot rempli de légumes et autres victuailles qu'il apportait régulièrement à quelques personnes du village. Bientôt renaîtrait le marché de la ville, le maire l'avait promis ; mais, en attendant, André continuait ses petites tournées.

Antoine vit la voiture de la fenêtre de sa chambre et descendit les escaliers pour parler avec André. Il lui demanda seulement s'il allait livrer non loin de la ferme des Ferchaud et s'il voulait bien l'y conduire. Le jeune homme accepta volontiers de servir de chauffeur. Il avait justement une vieille dame isolée non loin de la ferme des Ferchaud qu'il approvisionnait toutes les semaines. Antoine saisit l'occasion. Il se vêtit chaudement et embarqua aux côtés d'André. Pour le retour, Antoine reviendrait à pied, il ne serait pas utile de l'attendre. Mais André refusa, car son ouvrier assumait correctement les tâches les plus urgentes sur la ferme, ce qui lui laissait un peu de temps devant lui pour faire ses livraisons.

Si les champs étaient encore recouverts de neige, la route, en revanche, était tout à fait dégagée, même si elle brillait encore d'humidité. La ferme des Ferchaud était visible de loin. C'était une imposante maison de maître à colombages dans le plus pur style normand. André s'engagea sur le chemin qui aboutissait dans une large cour entourée de différents bâtiments abritant fourrage et matériels agricoles. L'arrivée de la voiture fit aboyer un chien qui accourut aussitôt et se mit à tourner autour du véhicule.

Une silhouette apparut sur le seuil de la porte. Un ordre sec et le chien cessa d'aboyer pour revenir se coucher dans sa niche. Antoine et André descendirent de la voiture. La personne qui les accueillait après avoir fait taire le chien était Simone. Quand elle vit le visage de ses visiteurs, son expression s'assombrit. Elle embrassa André, mais resta distante et glaciale face à Antoine. Malgré tout, elle les invita à entrer, car le vent du nord soufflait. Antoine était mal à l'aise. Presque timidement, il demanda si Ferchaud était là.

— Où voulez-vous qu'il soit ? répondit Simone sur un ton amer. Et que lui voulez-vous ? Vous ne nous avez pas fait suffisamment de mal comme ça ?

Antoine fut décontenancé. Il n'avait pas mesuré jusqu'à cet instant la souffrance que pouvaient éprouver des parents qui ont perdu leur enfant unique dans des circonstances aussi tragiques.

— Simone, je souhaite seulement lui poser une question.

— Une question ? Pour écrire encore des choses dans votre torchon ?

Il s'apprêtait à répondre quand la grosse voix de Ferchaud se fit entendre.

— Laisse-le entrer, Simone, s'il te plaît !

Elle s'effaça pour laisser le passage à Antoine, avec un air exaspéré. André souhaita attendre dans la cuisine, car il estimait ne pas avoir à entendre ce que les deux hommes avaient à se dire. Simone l'invita à la suivre pour lui offrir un café et se réchauffer quelques instants à côté de la cuisinière en fonte.

Antoine pénétra dans le salon. Ferchaud était assis dans un fauteuil et regardait les flammes dans la cheminée en fumant une pipe. Il avait les traits d'un homme fatigué et abattu. Antoine s'installa dans le fauteuil voisin.

— Je vous écoute, dit Ferchaud sans que son regard ne quitte la danse du feu dans l'âtre.

Au ton qu'il employa, Antoine sentit immédiatement une profonde rancœur, une colère contenue qui pouvait éclater à tout instant. Comment entamer la discussion, comment ne pas heurter de nouveau cet homme blessé ? Antoine décida d'aller droit au but de sa visite :

— Pourquoi avoir caché que vous étiez Max ?

Ferchaud détourna enfin son regard de la cheminée pour le poser dans celui de son visiteur avec une expression fugace de surprise.

— À quoi bon ? Quelle importance, maintenant ? répondit Ferchaud avec lassitude.

— Vous êtes un héros de la Résistance et vous avez largement contribué à la libération du pays en soutenant les forces alliées, je ne comprends pas votre silence.

Ferchaud tira une longue bouffée sur sa pipe dont la fumée s'éleva en élégantes arabesques grises et bleutées. L'homme fixait de nouveau les flammes d'un regard absent, comme si les mots d'Antoine le replongeaient dans un passé pourtant encore si proche et si présent dans les mémoires.

— Si quelqu'un peut comprendre, c'est bien vous. C'est vrai, j'ai risqué ma peau de nombreuses fois, mais j'ai aussi risqué celle d'autres hommes et surtout celle des membres de ma propre famille. Beaucoup de mes amis et camarades sont tombés au combat. J'ai tué des hommes et je suis responsable de la mort de tant d'autres, alors je ne pense pas que ça mérite des honneurs, des médailles ou je ne sais quel autre témoignage de reconnaissance.

Antoine ouvrit la bouche, mais ne put articuler le moindre mot. Ferchaud tourna la tête vers lui et le fixa.

— Je ne suis pas plus digne d'être maire de cette commune que vous d'être curé. En plus et pour couronner le tout, je n'ai même pas su protéger mon fils, ni sauver les innocents que les boches ont fusillés sur la colline. Alors, fichez-moi la paix et partez ! Je n'ai rien à ajouter. Vous pouvez écrire ce que vous voulez dans votre torchon, ça m'est égal.

Pendant qu'il disait cela, Antoine remarqua la cicatrice sur son avant-bras.

— Qu'allez-vous faire ?

— J'ai revendu ma ferme. Nous allons partir en Dordogne où ma femme est née et où elle possède une maison héritée de ses parents, à Brantôme, une petite ville au nord de Périgueux.

Quelqu'un frappa à la porte du salon où discutaient les deux hommes. C'était André qui déclara devoir rentrer, car il n'avait pas fini sa tournée et avait encore du travail à la ferme. Il proposa de repasser dans une heure ou deux, mais Ferchaud lui dit de partir et qu'un de ses hommes raccompagnerait Antoine à l'hôtel. Le jeune fermier, reconnaissant, salua puis partit. Le bruit du moteur de la Citroën Traction s'estompa jusqu'à ne plus être audible.

Simone entra dans la pièce et s'assit auprès du feu. Elle reprit un ouvrage qu'elle avait commencé et se remit à tricoter en silence. Ferchaud expliqua que même elle ignorait tout de ses activités. Du moins au début, car il avait bien fallu lui avouer la raison de ses nombreuses et longues absences. Simone avait fini par le soupçonner d'avoir une maîtresse. Aujourd'hui, ils en plaisantaient tous les deux.

— Vous vous rendez compte ? Une maîtresse ? Moi ? dit-il en riant.

Simone rougit un peu, mais Antoine vit un léger sourire se dessiner sur son visage ridé.

Augustin ignorait tout de la véritable identité de Max. Ferchaud n'avait pas pu lui interdire de rejoindre le réseau Viking, mais jamais Max n'avait animé de réunion ou les plus jeunes étaient conviés. Fernand Lenain s'en chargeait et lui seul savait qui était Max. Jamais Ferchaud n'aurait cru que son fils, par amour pour une femme, allait être la cause de tous les drames qui ont endeuillé la commune.

— Je vous offre un calva ? demanda Ferchaud à la surprise d'Antoine qui accepta volontiers.

Ferchaud expliqua qu'en tant que père, il n'avait pu supporter l'idée que son propre fils soit rendu coupable du meurtre du lieutenant Hartmann. S'il lui avait interdit de se dénoncer à Keller, c'était bien sûr pour le protéger, mais pas seulement. C'était aussi et surtout pour protéger la cinquantaine des membres du réseau Viking répartis en majorité sur Hauteville, mais aussi sur les communes avoisinantes. Augustin ignorait tout de Max et n'avait soupçonné à aucun moment que son père fut le chef du réseau Viking.

— Jusqu'au dernier moment, je n'ai pas cru que Keller ferait abattre les quinze otages. Pour protéger mon imbécile de fils, je me suis accusé moi-même du meurtre de ce Hartmann, mais Keller ne m'a pas cru un seul instant, considérant ces aveux comme un acte aussi héroïque qu'inutile. Il savait fort bien qu'au moment du crime, je dormais tranquillement chez moi, puisque c'est lui en personne qui est venu frapper à ma porte. J'étais déchiré entre la vie de mon fils, celle des otages et celle du réseau Viking. Si Augustin se dénonçait, la Gestapo l'aurait torturé jusqu'à ce qu'il donne les noms de mes hommes et ensuite ils l'auraient tué sans pitié. J'avais donc le choix entre sauver mon fils, sauver les quinze otages et sauver les cinquante membres du réseau local de la Résistance sur lesquels comptaient les Alliés pour faciliter le débarquement et la contre-offensive.

— Vous avez donc choisi ?

Ferchaud soupira.

— Oui, j'ai dû choisir de sauver le réseau Viking en sauvant mon fils et, du même coup, sacrifier quinze hommes, dont deux seulement appartenaient au réseau. Ces deux-là se sont comportés en héros.

— Qui étaient-ils ?

— M. Weil et un cousin de Perrin, le garde champêtre qui habitait dans la commune voisine de Canon. Aucun des deux ne connaissait l'identité de Max. Ils ont fait face aux fusils du peloton d'exécution avec panache et dignité. Qu'ils reposent en paix avec leurs autres camarades. Avant de tomber sous les balles des boches, ils m'ont regardé. Dans leurs yeux, j'ai vu qu'ils acceptaient leur sort. Des héros, je vous dis.

Il y eut un long silence. Antoine n'osa pas le briser, par respect pour ces hommes qui avaient affronté leur destin sans broncher. L'ex-prêtre de Hauteville se leva.

— Je vais vous laisser, Émile.

Ferchaud le regarda et se leva à son tour, posant sa pipe dans un cendrier. « Venez ! » dit-il.

Les deux hommes sortirent et traversèrent la cour pour se rendre dans l'étable où meuglaient les vaches. Ferchaud appela un homme qui vint les rejoindre. C'était un homme de grande taille.

— Henri, tu vas prendre la voiture et raccompagner ce monsieur à l'hôtel de la mère Lenain.

— Bien, patron !

L'homme s'avança pour serrer avec force la main d'Antoine. Il portait à son doigt une chevalière en argent avec un « H » gravé dessus. Ce détail n'échappa pas à Antoine.

— On se connaît déjà ? demanda-t-il avec malice.

— C'est ben possible, répondit l'autre avec un accent normand prononcé, on s'est peut-être croisés quelque part.

Antoine en était persuadé. Il se tourna vers Ferchaud :

— Adieu, Émile ! Merci de vos explications et bonne chance pour votre installation en Dordogne.

Ils se serrèrent la main, puis Antoine suivit Henri jusqu'à la voiture garée sous un hangar. Quelques minutes plus tard, ce dernier le déposait devant le porche de l'hôtel. Avant de descendre de la voiture, Henri tendit la main vers Antoine en lui disant « Sans rancune ? » Antoine sourit et répéta « Sans rancune ! »

Avant de remonter dans sa chambre, il passa un coup de téléphone à la rédaction du *Clairon*. Un collaborateur du journal passerait en fin d'après-midi pour prendre livraison de l'ultime article qu'Antoine allait rédiger au sujet du drame de la Colline aux Biches. Seuls les crépitements de la machine à écrire résonnèrent dans le hall de l'hôtel pendant une bonne partie de l'après-midi. Vers 16 heures, une voiture marquée aux couleurs du journal vint se garer devant le porche. Un homme en sortit en courant et disparut dans l'hôtel pour réapparaître quelques minutes plus tard. La voiture redémarra presque aussitôt et disparut rapidement.

Le lendemain matin, *Le Clairon* était de nouveau entre toutes les mains. Sur la une s'étalait en grosses lettres « QUI ÉTAIT MAX, LE CHEF DU RÉSEAU VIKING ? » et en plus petit, juste en dessous, « Par Antoine Cordier ». L'article d'Antoine restituait avec exactitude la vérité sur l'action des hommes de l'ombre. Personne à Hauteville n'avait soupçonné leur maire d'être ce Max recherché dans tout le pays par la police allemande. Sur la place se formaient de nouveau de petits groupes. Les discussions allaient bon train, mais, cette fois, il n'y eut aucun éclat de voix, aucune dispute. Beaucoup se montraient reconnaissants envers Ferchaud d'avoir eu le courage de mener ces actions dangereuses et d'avoir dû prendre d'aussi douloureuses décisions. Les autres se taisaient, conscients d'avoir accablé un homme injustement.

De la fenêtre de sa chambre, Antoine regardait ces attroupements et se félicitait d'avoir sauvé l'honneur d'un héros. Certains pardonneraient, d'autres pas, mais il était juste de dire la vérité. Une vérité partielle et fragmentaire n'était pas la vérité. Oh, bien sûr, Ferchaud admettait ne pas avoir tout réussi dans sa vie de résistant. Il reconnaissait avoir commis des erreurs, des fautes de jugement, voire pire. Lui aussi avait tué, lui aussi avait dû sacrifier des hommes. Pour autant, il ne se considérait ni comme un héros ni comme un monstre. Ce qu'il avait dû faire, il n'en était pas fier, pas plus fier qu'Antoine ne l'était d'avoir bombardé des villes allemandes. La mort était venue du ciel pour des milliers d'innocents qui, assurément, en attendaient autre chose.

Antoine descendit et appela un taxi. Sa valise était prête. Il était temps pour lui de partir. La neige se remit à tomber. Quand Henriette vit arriver le taxi sur la place, elle comprit qu'Antoine allait quitter le village. Elle mit son manteau, ses bottes et sortit sans même prendre le temps de fermer sa porte à clé. En quelques pas prudents, elle traversa la place et entra sous le porche de l'hôtel. Antoine discutait avec Marguerite dans le hall, avec sa machine à écrire dans les bras.

— Alors, ça y est ? Vous partez ? dit Henriette de sa petite voix.

— J'allais justement vous dire au revoir. Vous m'avez devancé, répondit Antoine.

La jeune femme tenta de le convaincre de rester encore un peu, au moins pour partager le repas du réveillon de la Saint-Sylvestre, mais il devait regagner son appartement et le bureau local du journal à Caen. Sa mission à Hauteville était terminée. Henriette ne put cacher sa déception. Elle releva la tête cependant et annonça qu'André l'avait demandée en mariage. Marguerite joignit ses mains comme pour une prière et exprima une joie sincère. Antoine regarda Henriette et lui dit :

— J'espère que vous avez accepté ?

Elle avait accepté, car André avait été l'ami fidèle d'Adrien. Jamais il n'avait tenté de séduire la fiancée de son meilleur ami, bien qu'il fût amoureux d'elle depuis l'école primaire. Pas comme Augustin ! Antoine la félicita pour cette sage décision. André était un homme digne de confiance. Comme elle, il avait perdu sa famille dans cette guerre. Il ferait un bon mari.

— Nous avons convenu de nous marier au printemps et j'aimerais que vous soyez à nos côtés pour célébrer notre union à l'église. Vous pourriez me conduire jusqu'à l'autel.

Antoine sourit, ému par le bonheur de la jeune fille dont le visage s'éclairait maintenant. Il lui promit de venir. Puis il se tourna vers Marguerite :

— Prenez soin l'une de l'autre, même si un jour vous vendez cet hôtel, restez proches ! Je prierai pour vous et pour tous les habitants du village. Je dois y aller maintenant. Le taxi m'attend.

Il les embrassa affectueusement, déjà troublé par cette séparation. Le chauffeur du taxi entra et indiqua qu'il était prêt à partir. Antoine lui donna la machine à écrire qu'il alla poser avec précaution dans la voiture. Il sortit à la suite du chauffeur et s'installa à l'arrière du taxi. Il sentait confusément que quelque chose lui arrachait le cœur, mais il se reprit vite et donna l'ordre au chauffeur de se mettre en route. Pendant que le taxi traversait la place, Antoine se retourna et vit les deux femmes debout l'une à côté de l'autre sous le porche de l'hôtel. Elles lui faisaient signe de la main et il leur répondit, regrettant déjà de ne pas partager le second réveillon avec elles.

De chaque côté de la route, les branches des arbres dénudés recouvertes de neige se penchaient vers le sol. Le paysage monochrome du bocage défilait de plus en plus vite. Antoine pensa à Ferchaud en passant non loin de sa ferme. La guerre nous rappelait que, comme le disait le père Raymondin, nous ne sommes encore que des animaux à peine plus évolués que les autres espèces. Serait-il plus facile de pardonner à un animal qu'à un saint ? Et si André avait raison, si Dieu n'était pas encore né… Il regarda devant lui la route qui le menait jusqu'à Caen, puis il joignit ses mains et se mit à prier. Dans son rétroviseur, le chauffeur l'observait en silence. « Que ta volonté soit faite sur la Terre comme au Ciel ! » furent les seuls mots qu'il entendit, prononcés par l'ex-curé de Hauteville.

L'auteur

Né en 1955 à Caen, en Normandie, Gilles Langlois prend conscience du pouvoir des mots sur les bancs du lycée de Vernon dans l'Eure grâce à ses professeurs de lettres : Bertrand Ott et surtout Yves Siret, qui permit au jeune lycéen de découvrir et d'aimer les grands auteurs classiques.

Cependant, son amour des Belles Lettres sera occulté par une passion dévorante pour l'aviation qu'il commencera à pratiquer dès l'âge de 16 ans à Évreux. Malheureusement, cette passion va être cruellement déçue en raison d'une acuité visuelle insuffisante pour pouvoir accéder à une carrière professionnelle civile ou militaire. S'il pourra continuer à voler en tant que pilote privé, sa déception est profonde. Il s'inscrit en faculté de lettres à l'université de Rouen sans grande conviction. Là, il retrouvera celle qui allait devenir sa femme. Il décide alors de chercher un travail. En 1977, il entrera dans une banque de Vernon pour un remplacement de quelques mois sans se douter encore qu'il fera toute sa carrière dans le milieu bancaire.

La naissance de ses filles (Aurélie en 1980 et Anne-Laure en 1987) lui donnera le courage d'évoluer dans ce métier où il devint très rapidement directeur d'agence bancaire.

À Vernon, où il habite dans les années 1980, il commence à écrire quelques chapitres d'une histoire inspirée par Henry et Yvonne Gesegnet, alors clients de la banque où il travaille. Henry est un artiste-peintre renommé. Gilles échange souvent avec Yvonne, à qui il confie son projet d'écrire un roman. Yvonne sera la première à l'y encourager. Il lui promet de tenir compte de ses conseils.

Gilles quittera la Normandie en 1987 pour un nouveau poste de direction à Clermont-Ferrand. Ensuite, il partira à Perpignan en 1989 où il restera pendant six ans. Là, il succombera de nouveau à sa passion des avions. Le manuscrit de ce qui devait devenir *La dernière touche* attendra dans un tiroir.

Quand il quitte Perpignan en 1996 pour rejoindre la Normandie, il éprouve un déchirement. Il aime sa région natale, mais le soleil du Sud lui manque. En 1998, il est embauché par une banque régionale en Dordogne. C'est là, dans ce magnifique département, qu'il décidera avec Nicole de s'installer tout près de Périgueux.

Gilles volera encore quelques années au-dessus du Périgord, mais mettra un terme à son activité aéronautique en 2006. Il se consacrera alors à la pratique d'un art martial et surtout à l'écriture. Il reprit le manuscrit commencé des années plus tôt et se mit à le retravailler avec acharnement.

En 2008 paraît *La dernière touche*. Gilles Langlois a le bonheur d'annoncer à Yvonne Gesegnet, plus de trente ans après, qu'il a publié ce roman où Yvonne et Henry figurent sous les traits des personnages Yvonne et Henri Verger. Henry ne pourra jamais lire le livre, car la maladie l'emportera en 2002, mais Yvonne deviendra l'amie de Gilles.

L'histoire de Maurice Morandeau dans *La dernière touche* retint l'attention de nombreux professionnels du cinéma qui la jugèrent digne d'être adaptée au petit ou au grand écran, comme le réalisateur Denis Malleval ; ou des acteurs célèbres comme Pierre Santini ou Philippe Caroit ; ou encore le fameux écrivain Gilbert Bordes, inoubliable auteur de *La Nuit des Hulottes* ou *Le Porteur de Destins*, romans qui ont fait l'objet d'adaptations à la télévision.

Par deux fois, Gilles Langlois participa au Grand Concours national de nouvelles organisé par Sky Prods. Par deux fois, ses textes seront récompensés comme finalistes du concours avec *La Vengeance d'un piano à queue* en 2009 et *Dans les yeux d'Annette* en 2011.

En 2012, paraît son second roman intitulé *Cellules* dans une collection « Coup de Cœur » tant l'histoire de Jacques Moser a réussi à émouvoir un comité de lecture.

Un éditeur national, filiale de Gallimard, a proposé en 2016 à Gilles Langlois un contrat pour l'écriture de la biographie d'une personnalité locale.

Un troisième roman intitulé *Clairon libre* paraît en 2017 et vaudra à son auteur l'obtention du Prix littéraire du Périgord vert. Le personnage central de *Clairon libre* est Bastien Morandeau, fils de Jean et neveu de Maurice Morandeau. Devenu directeur d'un journal régional, Bastien doit affronter les prédateurs qui rêvent de s'emparer du journal pour conforter leur empire de presse. Parallèlement, il doit aussi lutter pour sauver son mariage.

Quand saigne le désert est publié en 2020. L'action se situe en Irak et aborde le sujet brûlant de la guerre contre Daesh. Dans ce dernier opus, c'est André Vidal, personnage secondaire de *Cellules*, qui est au centre de l'action. Ce quatrième livre est préfacé par José Alcala, un journaliste de télévision, ex-rédacteur en chef de France 3 Région. Il est aussi commenté par le regretté Alain Bernard, journaliste de radio et de la presse écrite (journal *Sud Ouest*) et auteur lui-même de 23 livres.

Claudia par amour est le cinquième roman de l'auteur. L'action se déroule à Paris, pendant la période troublée des Gilets jaunes. Le personnage central est Philippe Delambre. Philippe Delambre est le frère de Charles Delambre, membre d'une ONG dont les lecteurs auront fait la connaissance dans *Quand saigne le désert*.

Claudia par amour a séduit le fameux journaliste de télévision espagnol en poste à Paris, Juan Jose Dorado, bien connu de nos médias et des médias hispanophones. C'est avec un enthousiasme sincère que ce très médiatique journaliste a écrit la préface de cette nouvelle histoire après avoir lu les quatre autres romans de l'auteur. L'enthousiasme de J. J. Dorado est tel qu'il souhaite faire la traduction des œuvres de Gilles Langlois en espagnol pour une diffusion dans les pays hispanophones.

Fidèle à sa volonté de relier ses romans entre eux, Gilles Langlois, avec *La Colline aux traîtres*, propose une histoire qui plonge le lecteur dans l'immédiate après-guerre. L'action de *La Colline aux traîtres* se situe en effet en 1946. Antoine Cordier, l'ex-curé du village de Hauteville qui avait mystérieusement disparu peu après l'arrivée des Allemands, revient six ans plus tard, chargé d'une mission journalistique par le tout jeune journal *Le Clairon* qui deviendra plus tard *Clairon libre*.

Du même auteur

La dernière touche, éditions Aparis, 2008.

Cellules, éditions Aparis, 2012.

Clairon libre, éditions Aparis, 2017, prix littéraire du Périgord Vert.

Quand saigne le désert, éditions Aparis, 2020, préface de José Alcala[1].

Claudia par amour, éditions Maia, 2022, préface de Juan Jose Dorado[2].

1. José Alcala est un journaliste de télévision français, ancien rédacteur en chef de France 3 Région, directeur de magazine sur le web et auteur.

2. Juan José Dorado est un journaliste de télévision basé à Paris, consultant et intervenant sur les chaînes et les radios françaises et espagnoles, également chroniqueur dans différentes revues.

Achevé d'imprimer en octobre 2024
sur les presses de la Nouvelle Imprimerie Laballery
58500 Clamecy
Numéro d'impression : 405325

Imprimé en France

La Nouvelle Imprimerie Laballery est titulaire de la marque Imprim'Vert®